UN DERNIER RÊVE

INTERMÈDE EN QUATRE ACTES

W. E. GUTMAN

CCB Publishing
Colombie-Britannique, Canada

Un Dernier Rêve : Intermède en Quatre Actes

©2012 W. E. Gutman
ISBN-13   978-1-77143-036-4
Première édition

Bibliothèque et Archives Canada Catalogage Avant Publication
Gutman, W. E., 1937-
Un dernier rêve : intermède en quatre actes / écrit par W. E. Gutman.
ISBN 978-1-77143-036-4
Aussi disponible en format électronique.
Données supplémentaires de catalogage sont disponibles à la
Bibliothèque et Archives Canada

Adaptation du roman, *NOCTURNES -- Tales from the Dreamtime*, © 2006,
W. E. Gutman. Traduit de l'américain par l'auteur.

Scénario enregistré (2010), Guilde des Écrivains Américains
(Writers' Guild of America).

Couverture : *Le Rêve de la Raison Engendre des Monstres*. Los Caprichos.
Gravure de Francisco José de Goya Lucientes (1746-1828). Museo del Prado,
Madrid.

Ce livre est imprimé sur du papier sans acide.

Publié par: CCB Publishing
            Colombie-Britannique, Canada
            www.ccbpublishing.com

DU MÊME AUTEUR:

JOURNEY TO XIBALBA: The Subversion of Human Rights in Central America. Reporter's Notebook. © 2000 (Tirage épuisé).

NOCTURNES -- Tales from the Dreamtime. Roman. © 2006.

FLIGHT FROM EIN SOF. Fiction. © 2009.

THE INVENTOR. Roman historique. © 2009.

A PALER SHADE OF RED -- Memoirs of a Radical. Autobiographie. © 2012.

ONE NIGHT IN COPÁN -- Chronicles of Madness Foretold. Tales of mystery, fantasy and horror. Recueil de contes. © 2012.

ONE LAST DREAM -- Scenario. Version originale américaine. © 2012.

Il y a trois sortes de tyrans : celui qui tyrannise le corps, celui qui tyrannise l'âme et celui qui tyrannise le corps *et* l'âme. On donne au premier le nom de prince, au second le nom de pape, au troisième, le nom de peuple.

Oscar Wilde -- *L'âme de l'homme.*

SYNOPSIS

Les rêves sont tout au plus impénétrables, insaisissables, comme un globule de mercure. Ils évoquent des paysages abstraits, des perspectives avariées. Ils engendrent des personnages grotesques et soumettent les rêveurs à des situations absurdes et souvent gênantes. Détournant les endormis, ils mettent à nu leurs désirs les plus intimes, ils dévoilent leurs obsessions et leurs phobies les plus occultes. Malgré leurs excentricités, les fausses pistes auxquelles ils nous mènent, leurs impasses et leurs dénouements tronqués, les rêves sont les clefs de l'âme. Pourraient-ils un jour compromettre les rêveurs, les prendre au piège, les inculper, les faire taire pour avoir rêvé les rêves interdits ? L'incompatibilité des rêves n'est-elle pas la source de tout conflit humain ? Les chasses aux sorcières d'aujourd'hui ne visent-elles point le libre penseur, le franc-tireur et le dissident que l'on doit neutraliser ou supprimer afin de permettre aux gros intérêts politiques et commerciaux de protéger leur emprise impériale sur la société ?

UN DERNIER RÊVE est une allégorie, un manifeste surréaliste qui emploie des formules bizarres, fantastiques, souvent macabres, toujours inquiétantes et dont l'objectif est de peindre une réalité que les apprivoisés, sains et saufs dans leurs cocons idéologiques, se gardent de reconnaître. Sur scène ou sur écran, *UN DERNIER RÊVE* examine les rouages de l'inconscient et scrute le lien entre les rêves et la réalité perçue tout en se dressant contre le formalisme et la tyrannie des idées fixes.

PERSONNAGES

JÉRÉMIE: Insoumis. Chroniqueur de rêves

TITUS: Rond-de-cuir

THÉO, Grand Rêveur Omnipotent: Marchand de cauchemars

MAGISTRAT: Grand Inquisiteur

INSPECTEUR de police

DIRECTEUR, bureau de recherches

ÉMILE ROUSSEAU: Vagabond

VAN AKEN: Artiste peintre

GARDE CHAMPÊTRE

PRÉSENTATEUR DE TÉLÉVISION

HUISSIER

FIGURANTS

FOND SONORE

Alban Berg : Concerto pour violon, 1er mouvement.

Dimitri Chostakovitch : Symphonie No. 5, 3ème et 4ème mouvements ; Symphonie No. 15.

Claude Debussy : Nocturnes No.1, No. 3 ; Quatuor pour cordes.

Gabriel Fauré : Requiem Opus 48, 1er mouvement.

César Franck : Le Chasseur Maudit.

Philip Glass : Concerto pour violon.

Charles Kœchlin : Les Heures Persanes, 14ème et 15ème mouvements. Webern : Quatuor pour cordes Op. 5.

Silvestre Revueltas : Nuit des Mayas, 4ème mouvement.

Éric Satie : Trois Gymnopédies ; Avant-Dernière Pensée.

Arnold Schoenberg : Verklarte Nacht.

Igor Stravinski : Rite du Printemps, 1er, 2ème et 14ème mouvements.

Anton Webern : Cinq mouvements pour quatuor à cordes, Op. 5.

Kurt Weil : Symphonie No. 2 ; Concerto pour Violon et Orchestre à Cordes.

ACTE I

MISE EN EXAMEN

Écran noir s'anime lentement, suivi de scènes convulsives -- champs de guerre, champignons nucléaires, émeutes civiles, exécutions publiques, asiles de fous, camps de concentration, les sans-foyer, les charniers du Cambodge, l'attaque sur New York du 11 Septembre, 2001, Charlie Chaplin (Temps Modernes) empêtré dans l'engrenage d'une grosse machine, les actes honteux à la prison d'Abou Ghraib, les imams convoquant les fidèles à la prière, l'extase des juifs pieux devant le Mur des Lamentations, les cérémonies revivalistes animées des églises évangéliques, l'opulence du Vatican, la tuerie sauvage des bébés phoques, la chasse aux baleines, le dépeçage des ailerons de requins, le déboisement des forêts vierges, etc.

JÉRÉMIE (narration hors-écran)
La nuit n'est ni plus longue ni plus courte qu'elle n'a jamais été. Mais elle est plus noire, vois-tu, trop noire pour y découvrir les avatars de nos peurs les plus affreuses dans laquelle ils se cachent : Peur de l'inconnu. Peur de la réalité. C'est en plein éclat du jour que l'horreur recommence. Le cauchemar est réel, abreuvé par une hantise collective. Si tu me cherches, tu me trouveras ici, au plus profond du rêve.

Intérieur. Nuit. Un appartement á Manhattan. Des lithos de Jérôme Bosch, Dürer et Goya pendent sur les murs. **Jérémie** est à son bureau. Il regarde son cahier-rêves d'un œil distrait. Il se lève, fait quelques pas vers la fenêtre à travers laquelle la silhouette de New York scintille comme une parure de diamants. On entend le premier mouvement des Nocturnes de Claude Debussy.

JÉRÉMIE (narration hors-écran)
Je suis mort ce matin. Enfin, c'est ce qu'on me dit. Je n'ai aucun souvenir de mon trépas. La mort est un évènement que les défunts ne peuvent consciemment relater. Je n'ai vu ni anges ni rayons éblouissants. Je n'ai éprouvé la moindre extase. Ce que je peux t'affirmer c'est que mon avenir était bien loin derrière moi quand la mort me surprit. J'étais au zénith d'une carrière de rêveur qui, tout en allaitant mes chimères, me laissa affamé.

"*Rêver ou périr*," je me demandais sans répit. J'avais cessé de noter le passage du temps. Les secondes, les minutes, les heures avaient fondues dans un brouillard de rêves, de mélancolie et de désarroi. J'avais compris que rien ne change -- ni le sophisme, ni la malveillance, ni l'apathie des masses, ni l'arrogance et l'égoïsme des classes privilégiées, ni la vulgarité, la bigoterie, l'intempérance et l'hypocrisie du petit monde.

J'étais fatigué. Qui sait combien d'opuscules coléreux, de polémiques et de rêves interdits j'aurais pu ajouter à ma collection si je n'avais pas été soudainement pulvérisé lors d'une conflagration céleste qui s'abattit sur la terre et l'engloutit. Sois patient. Tu comprendras.

Extérieur. Situé en banlieue, entre un cimetière et le dépotoir municipal, le Ministère du Recensement des Rêves est un immense bâtiment poussiéreux dépourvu de fenêtres. A l'intérieur, sur le mur de l'est, une image holographique de **Théo**, le **Grand Rêveur Omnipotent** sourit avec un éloignement étudié tandis que des centaines de scribouillards travaillent frénétiquement comme des fourmis. Rang après rang, des "agents de recensement" sont assis à leurs bureaux, feuilletant des dossiers, étudiant des demandes, répondant à des requêtes, accordant des dispenses ou collant des amendes.

HAUT-PARLEUR
Jérémie, Matricule **3579**. Je répète, **3579**. Présentez-vous à la Station G, couloir 27, bureau 937.

Cultivant un air de nonchalance bureaucratique, vivant son propre phantasme unidimensionnel, l'agent **Titus** feuillette un gros ouvrage de codes et de décisions juridiques. Un petit homme chauve aux traits porcins et aux doigts potelés, il a le pouvoir d'accorder ou de refuser une demande, de la classer ou de la déchiqueter. Il n'est ému ni par les larmes ni la joie, l'espoir ou le désespoir, les explications ou les prières. Il n'obéit qu'aux ordres. C'est son boulot. La fonction publique attrait les médiocres mais la médiocrité les munit d'une certaine désinvolture. **Titus** demande à **Jérémie** son nom, son adresse, son âge et son matricule de rêveur -- tatoué sur son bras gauche. **Jérémie** s'incline.

TITUS
Qualités militaires?

JÉRÉMIE
Marine. Rendu à la vie civile. Figurez-vous, ils m'avaient demandé si je savais nager. J'ai dit, pourquoi, vous n'avez pas de navires?

TITUS, *aigre*
Pas drôle. Violons d'Ingres?

JÉRÉMIE

Oui.

TITUS

Alors?

JÉRÉMIE

Vous le savez bien. Je rêve.

TITUS

Oui, bien sûr. Mais il y a des rêves et il y a des *rêves*.

Titus dévisage Jérémie, un sourcil en broussaille arqué au-dessus de ses lunettes souillées.

TITUS

Alors, dites, quand avez-vous réalisé vos premiers rêves?

JÉRÉMIE

Oh, c'était à l'improviste ... quand je fus délogé de l'utérus de ma mère. Cette cruelle expulsion m'a presque étouffé et aveuglé. J'avais froid, je me sentais chétif dans ma nudité -- non, je ressenti une certaine angoisse que je reconnu plus tard : j'avais faim et soif.

TITUS

Et... de quoi au juste avez-vous rêvé?

JÉRÉMIE, *feignant la modestie*

Oh, ceci et cela.

TITUS

Ne perdez pas mon temps! Je veux des précisions,
des définitions.

JÉRÉMIE

Définissez la gravité négative, le vide absolu,
l'antimatière, l'infinité. Traduisez le rêve que fait
un mort.

TITUS

Bon, laissons tomber pour l'instant. Et vous faites
quoi encore?

JÉRÉMIE

Je voltige. Qu'est-ce-que cela peut bien vous faire?

TITUS

C'est moi qui pose les questions. Et vous ... volti-
gez ... par quels moyens?

JÉRÉMIE

Un engin aérien plus lourd que l'air.

TITUS

Qui vous emmène où?

JÉRÉMIE

Là où je lui dis d'aller. Par ci, par là.

TITUS

Faites pas le malin. Expliquez-vous.

JÉRÉMIE

Mes voyages sont dépourvus de plan, de destina-
tion. Aucune loi, que je le sache, me défendrais de

voler là où les vents me mènent.

TITUS
Vous devez quand même atterrir....

JÉRÉMIE
Pour faire le plein, c'est tout.

TITUS
Bon. Parlez-moi de vos excursions aériennes. Dès le début.

JÉRÉMIE
Quand j'étais petit garçon, je rêvais que je me promenais sur un grand boulevard longé de marronniers. J'étendais mes bras et je décollais comme un oiseau, libéré enfin des angoisses d'une enfance agitée. Je referais souvent ce rêve. Plus tard, j'enfilerais un parachute avant de m'élancer vers le ciel -- une sage précaution car le vieux tacot, vous savez ... Le rêve a depuis....

TITUS
Vous vous foutez de ma gueule?

JÉRÉMIE, *imperturbable*
... Le rêve a depuis évolué.

TITUS
Vraiment !

JÉRÉMIE
Vraiment. Je sautille, à chaque fois un peu plus haut, débordant de joie, fier d'une prouesse que

ceux au sol qui suivent mes exploits trouvent aussi surprenante que bizarre.

TITUS
Vous leur en voulez ?

JÉRÉMIE
Je ne supporte pas l'indifférence, c'est tout. Alors, j'ai décollé récemment et me trouva soudainement lancé très haut, quelque part attenant les portails de l'espace où l'on n'entend ni les cris ni les sanglots, où le drame humain n'est qu'une conjecture nébuleuse et éloignée. Je me souviens avoir arpenté ma planète avec un mélange de nostalgie, de pitié et d'inquiétude, suspendu tel que je l'étais au-delà du temps, me souvenant des détails intimes de mes randonnées vers des mondes assombris par la réalité, par les rêves amers. Je savais que je ne pourrais jamais effectuer, indemne, un atterrissage de ces hauteurs astrales.

TITUS
Vous me fendez le cœur. Et vous vous adonnez toujours à ces ... fantaisies aérospatiales...?

JÉRÉMIE, *imitant un oiseau*
Aussi souvent que possible. Je me penche vers le vent, mes bras étendus, mes doigts formant une cambrure aérodynamique de ma propre invention, et je m'envole, seul, un aigle grisonnant et fatigué, soutenu par les courants. Mon décollage est pénible, indécis. Mais je bats des ailes et, témoin de mes propres métempsychoses, je me trouve enfin

en plein vol dans les régions cristallines du sub-conscient.

TITUS, *méprisant*
Vos exploits, c'est la débandade, n'est-ce pas? Fanfaronnade? Lâcheté? Ou alors vous vous entraînez pour la chute finale.

JÉRÉMIE
Les vieux aigles ne se posent jamais de questions. Ils se lancent vers le ciel, dont ils sont originaires. Le ciel rayonne de lumières. D'autres braves aviateurs m'entourent. Je ne voltige plus solo. Un vieil aigle, un copain....

TITUS, *ricanant*
Un vieil aigle, un copain. Quel lyrisme....

JÉRÉMIE
... Un copain ... Il est mort en plein sommeil, en route vers un autre rêve. Il dirige des missions humanitaires dans un domaine céleste où les rêveurs se perdent parfois. Un jour bientôt je serai son co-pilote.

TITUS
Vous me prenez pour un imbécile?

JÉRÉMIE (narration hors-écran)
Tiens, le gars est liseur de pensées.

TITUS, *furieux*
Alors ! Je vous préviens, il faudra jouer au jeu.

JÉRÉMIE

Bon. Mais ne tenons pas le score. Ce qui m'intéresse c'est la dynamique du jeu, pas les trophées.

TITUS, *une cruelle lueur animant ses yeux*
C'est les mauvais joueurs, les perdants, qui pensent comme vous.

JÉRÉMIE

Victoire et défaite sont inséparables. Il ne peut y avoir de gagnant sans perdant -- tout en supposant qu'il y ait quelque chose de valeur à gagner. Est-ce qu'un boxeur qui terrasse son adversaire est un "gagnant" ou une crapule qui martèle un être humain jusqu'à l'inconscience? Et le footballeur qui marque un but, s'accorde-t-il bien plus qu'une dose supplémentaire de narcissisme? Est-ce que le gardien de but perdant sacrifie plus qu'un ego démesuré?

TITUS

La victoire c'est l'aiguillon des champions.

JÉRÉMIE

Les rêveurs se passent de lauriers.

TITUS se *penche d'un air menaçant vers* **Jérémie**
Ecoutez-moi bien. Le rêve est un privilège mérité, pas un droit. Vous avez non seulement dépassé votre quota, vous avez enfreint d'une manière flagrante les prohibitions de l'Article 404, Section 505, Paragraphe 606 du Code Uniforme du Rêve.

Bon sang ! Comment vous êtes-vous mis dans ce pétrin là?

JÉRÉMIE

Un beau jour je me suis réveillé d'une torpeur aveuglante et je me suis affranchi des derniers vestiges de bienveillance pour les croyances insensées : je ne suis pas né dans le pêché ; la douleur n'ennoblit pas l'âme et les hommes ne veulent pas être gouvernés, dominés, persécutés, réduits à l'insignifiance tel que votre Nouvel Ordre l'exige.

TITUS

Qu'espérez-vous réaliser au juste?

JÉRÉMIE

J'espère réaliser sa chute.

TITUS, *attentif*

Expliquez-vous.

JÉRÉMIE

J'ai découvert dans la soi-disant bienséance de cette oligarchie évangélique non pas un sentier menant vers la *Lumière*, mais un précipice de fourberie et d'asservissement. L'eucharistie qu'elle lève devant les rêveurs nouveau-nés est un pain pétri de faux espoir. Le vin qu'elle nous invite à boire est notre propre sang dilué par des torrents de larmes.

Ma métamorphose -- de l'insouciance à l'insoumission -- fut lente et angoissée. J'étais curieux mais je trouvais la mystique du Nouvel Ordre inscrutable. J'errais à travers ses allégories comme un explorateur dans une forêt peuplée de monstres. J'étais encore innocent, ignorant. Une éducation à la chaîne, à la mode pendant mon enfance, avait inculquée un système de valeurs qui me semblèrent par la suite excessives sinon grotesques. Ah, comme le monde est redoutable quand on est tout petit.

On m'avait enseigné à sourire, à refouler les larmes, à dompter, parfois même à étouffer les émotions les plus vives sous prétexte que c'est ce que la société exige d'un « gentil petit garçon » et, plus tard, d'un « homme respectable. »

Précoce et rusé, je savais que je n'étais et ne pourrais jamais être un *"gentil petit garçon."* Quant à l'honneur, c'était une vertu que je n'aurais su reconnaître dans un monde qui ne finit pas de se déshonorer. Mais j'avais très vite compris qu'on peut tirer quelques avantages en prétendant d'être ce que les autres exigent et qu'un tel comportement rapporte parfois des récompenses ou protège contre la censure, les réprimandes et les châtiments. Assurément, j'attirais sur moi toutes ces peines quand j'en eu marre de prétendre....

Plus tard, quand ma vue périphérique s'affûta et que mon optique s'approfondit, j'apprendrais que l'apathie, l'ignorance et la stupidité invitent le despotisme et la persécution. Je fis témoignage de ces corruptions dans mes rêves centre-américains où les commissaires du rêve sont en plein travail et où le Nouvel Ordre attrait des adeptes pendant que l'érosion des libertés civiles éteint les rêves communs et anéantit la volonté populaire.

J'avais composé l'oraison funèbre des sansrêve, telle était l'envergure de leur souffrance. Les chants de sirène du Nouvel Ordre les avaient séduits mais ils n'offrirent aucun remède contre la colère, la misère, le désespoir, aucune potion magique sensée de restituer la raison aux rêveurs égarés. Les cantiques eux-mêmes n'étaient, après tout, que des songes bien désinfectés, des rêves rédigés par les tout-puissants et enfoncés dans le gosier des blancs-becs et des sots.

TITUS

Et qu'avez-vous fait de ces épiphanies? Les avez-vous semées comme un poison parmi les imprudents?

JÉRÉMIE

Pas au début. Glanées le long de mes voyages au bout de la nuit, j'avais d'abord soigneusement enregistré mes observations dans mon cahier de rêves. Ce ne fut que par une joyeuse coïncidence qu'une fraternelle m'invita à lire des passages de cette anthologie. Le secrétaire, qui avait négocié la rencontre, m'avait prié de m'éloigner des "rêves défendus" -- sans doute un euphémisme pour toute cause sociale vexante.

Intérieur. Bureau du secrétaire.

SECRÉTAIRE

Vous comprenez, nous évitons tout sujet qui puisse contrarier nos adhérents.

JÉRÉMIE

Mais Monsieur, je ne saurais séparer la réalité des

convictions de vos membres. Je suis un trouble-fête, pas un plaisantin. Et puis....

SECRÉTAIRE

Faites de votre mieux. Inutile d'ameuter ces bons citoyens.

Intérieur. Bureau de **Titus**

JÉRÉMIE

C'est à contrecœur que je lui promis d'atténuer mes propos. Cependant, séduit par le rêve que je venais d'entamer, je me livrai à mes instincts. J'aurais peut-être pu me maîtriser si ce ne fut pour le spectacle assommant auquel je fus soumis.

TITUS, *méfiant*

C'est-à-dire ?

JÉRÉMIE

Alors, pour commencer, j'ai dû me mettre au garde-à-vous durant la retentissante incantation, *"Que le Nouvel Ordre Soit Bénit."* Quelqu'un récita une ode faisant l'éloge de **Théo**, le **Grand Rêveur Omnipotent**. Je me souviens m'être mordu la lèvre. Le poème saugrenu fut suivi par une interminable oraison pendant laquelle le Nouvel Ordre fut cité une douzaine de fois, chaque citation accompagnée d'un concert d'amen et de Houzzai. J'ai failli vomir.

Ensuite, ils récitèrent l'obligatoire Serment de Loyauté, un rituel dont la stupidité me gêne jusqu'aux os. Le chapelain, les yeux fermés, sa tête reposant sur sa poitrine, ses mains serrées contre sa braguette, offrit la bénédiction et nous nous mirent à table.

Ils bouffèrent tous comme des animaux de proie dans un abattoir. Ça m'a coupé l'appétit. Je me souvenais soudain des vautours et des affreux cauchemars qu'ils régurgitent.

Extérieur. L'aube. Quelque part en Amérique Centrale. Des vautours perchés sur des arbres se lissent les plumes. D'autres se tiennent en équilibre sur le pont et sur les toits de tôle rouillés des bicoques qui s'alignent le long des bords d'un chenal pestilentiel. D'autres encore planent en rond comme des démons à un Sabbat de sorcières, épiant la vie, anticipant la mort, la reniflant, prêts à s'abattre sur une pourriture irrésistible quelque part dans le lit sec de cette ancien cours d'eau. Attirés par un relent alléchant, une escadrille pique et atterrit. Dandinant, titubant comme des ivrognes, prudents et fourbes, ils s'attaquent impitoyablement l'un à l'autre pour s'assurer quelques détritus. Le battement de leurs ailes donne des frissons à **Jérémie**.

JÉRÉMIE (narration hors-écran)
Je sais ce qu'ils cherchent. C'est dans ce gouffre sulfureux que les cadavres des enfants de rue et d'autres parias sont largués pendant la nuit par les comités de vigilance. Les vautours mangent à leur faim. Ils se nourrissent bien mieux que les êtres misérables qu'ils dévorent petit à petit.

Et quand les pannes d'électricité durent quatorze heures par jour et qu'un affamé qui pince un morceau de pain est criblé de balles et rend l'âme sur le trottoir, les vautours s'empiffrent. Farcis jusqu'au goulet, ils peuvent à peine s'envoler.

Intérieur. Salle de réunion. Une vingtaine de personnes sont assises à une longue table qui fait penser au *Dernier Souper*. Le secrétaire présente **Jérémie**. Ce dernier scrute son auditoire.

JÉRÉMIE

Bonjour. On m'appelle **Jérémie**. Je suis un rêveur errant. Je viens d'assister à une réception dans un hôtel très chic. J'ai coudoyé des femmes embijou- tées et grotesquement fardées pour mieux camou- fler les outrages du temps. J'ai serré les mains de gentilshommes parfumés et orgueilleux portant des costumes de coupe italienne, des cravates de soie et des chaussures en cuir de crocodile. Je me suis laissé entraîner dans des jacasseries et j'ai souffert les badineries de ceux qui veulent se faire voir par ceux qui insistent à se faire entende. Ils étaient tous venus, tous suintant de richesse, tous se pavanant comme des paons tandis que les bons crus et les mets succulents voyageaient sur des plateaux d'argent portés par des laquais à la peau brune et gantés de blanc. Tel apparat, je me disais, doit sûrement faire preuve de grandes qualités, le droit absolu des justes, des vertueux, des incor- ruptibles à s'accorder des luxes inabordables à ceux qui les servent et nettoient après eux.

Vingt paires de sourcils s'arquent avec étonnement et méfiance.

JÉRÉMIE

Tôt le lendemain matin, en route vers "Le Trou," où les incorruptibles ne mettent jamais les pieds, j'ai vu des enfants ensommeillés traînant des lourds fardeaux, des paysans ruisselant de sueur et entassés comme des sardines dans des camion- nettes boiteuses, à demi ensevelis sous les provi- sions qu'ils venaient vendre avant de regagner leurs hameaux.

Dans l'ombre étouffante d'un bâtiment

abandonné, des petits garçons en guenilles reniflaient des pots de colle pour mieux échapper à la réalité tandis qu'un jeune couple faisait l'amour debout contre un mur. Plus loin, assise sur une litière de loques sales, une jeune femme somnolait avec un bébé à son sein pendant qu'un autre gosse, ébouriffé, essuyant sur sa manche un nez qui ne cessait de couler, mendiait, la main tendue vers une foule de badauds insensibles.

Et quand je musardais dans l'immense dépotoir municipal, sous un ciel limpide noirci de vautours, je découvris des tout-petits se nourrissant de déchets immondes. Plus bas, pataugeant dans un amoncellement d'ordures et faisant concurrence aux vautours, un autre groupe de jeunes fouillait les profondeurs à la recherche d'un bout de pain, d'une paire de savates, d'un jouet, d'une babiole pour égayer une enfance dépourvue de joie.

Un étranger dans ces régions infernales, je me demandai quel pêché monstrueux ses habitants auraient pu commettre pour être maudit par un tel destin. Emportée par un coup de vent soudain, une serviette en papier, froissée et barbouillée de rouge à lèvre, atterrit à me pieds. Je reconnus le monogramme doré de l'hôtel où la réception de la veille avait eu lieu. Je m'entendis hurler.

Jérémie se penche vers une femme corpulente qui mastique et torche son assiette avec un gros morceau de pain. Il l'imagine allongée sur son ventre dans un lit grinçant, croquant des truffes de chocolat et hurlant de plaisir aux ruées déchaînées de son amant.

JÉRÉMIE
Alors, madame, il était bon votre rosbif?

Visiblement déroutée, l'auditoire s'efforce de rester calme. Frétillant dans leurs sièges, ils se regardent, éberlués.

JÉRÉMIE

De retour en ville, je découvris un fantôme sans nom. Quand on vit dans la rue on perd toute identité. La folie, dans son cas, affute l'anonymat le plus absolu. Elle est sans nom et elle sera de passage dans cette dimension, dans cette vie sans attirer la moindre attention. Un nom, un vulgaire sobriquet lui aurait donné un peu de dignité. Mais on l'a oubliée. La folie, l'amnésie l'ont arrachée des griffes d'une réalité intolérable. Et pourtant elle est réelle, symbole et victime de la société qui la engendrée ... et puis rejetée. Repoussée, détestée, elle inspire plus de dégoût que de pitié car elle est impénitente et altière dans son grotesque palace de carton, parmi les débris, la ferraille, la pourriture abjecte dont elle se nourrit, les mémoires inutiles qui la hantent encore.

Sa compagne, édentée, sauvage et folle, trop folle pour ériger son propre appentis, reste assise pendant des heures, figée par la catalepsie, ou piquant un somme étendue sur le trottoir. Ahurie, secouant une brindille ou un vieux manche à balais, elle chasse les spectres et les vivants, secouant un poing menaçant contre les voitures et les enfants qui ricanent, frappant le sol avec colère -- non, avec désespoir -- crachant sur les piétons, les arrosant d'invectives et d'excréments. Parfois la folie se dresse comme une flamme et un torrent de larmes inonde un visage sillonné de rides. Affolée, elle se calme pendant quelques instants et s'abandonne á l'univers qui l'entoure. Peu après elle reprend sa veille, un regard sans vie fixé sur le néant qui se resserre autour d'elle.

Un beau matin, les gendarmes détruisirent le domicile de papier, ficelle et plastique que sa compagne avait si soigneusement érigée. Piétinés, écrasés avec désinvolture, les vestiges de leur fragile demeure furent charriés. L'état leur permit de continuer à vivre sur le trottoir et de parer la vie comme il leur semblait bon.

Dans l'étroite ruelle bourbeuse qui longe les flancs d'une vieille église, un drogué se tordait et se lançait par terre comme un pantin. Les yeux brûlants, une épaisse écume baignant sa bouche, il se mit à hurler et à se débattre contre les démons qui le tourmentaient. Il roula dans le caniveau et manqua de peu à se faire écraser par un camion. Sereins, en lieu sûr assis sur leurs bancs, les pieux assistaient au grand spectacle de la messe de midi. *Dominus vobiscum*, chanta le prêtre d'une voix monotone. *Et cum spiritu tuo*, répondirent les fidèles, incapables de s'imaginer que Dieu s'en fout pas mal de leur mimétisme.

Au coin, pour mieux susciter la pitié, des estropiés exhibaient leurs grotesques infirmités. Indifférents, les passants les enjambaient. Accroupie contre un mur, une jeune femme nourrissait au sein son nouveau-né tandis que trois enfants un peu plus âgés, apprenaient le métier de mendiant.

Qui sont les fous, et qui sont les résignés qui héritent la tempête?

En première page, un en-tête annonçait la découverte des cadavres de trois enfants de rue dans le dépotoir municipal. On les avait ligotés, bâillonnés et abattus d'une balle dans la nuque. *"Nous ne saurions spéculer quant à l'identité des auteurs de ce crime,"* concluait le reporter qui, tenant à sa vie, se garda bien d'en dire trop.

Crispées, les femmes gloussent et les hommes rouspètent. Le secrétaire est livide. Enhardi, **Jérémie** lance une dernière salve.

JÉRÉMIE
La justice? Elle n'existe pas, surtout quand les intérêts collectifs de l'oligarchie sont en jeu.

Un homme au fond de la salle applaudit poliment mais s'arrête sur-le-champ quand il se rend compte que personne ne partage son enthousiasme.

JÉRÉMIE, *narguant son public*
L'un de vous m'accusera d'hérésie. L'un de vous me dénoncera. Les réprouvés sociaux, les vieux, les rageurs, les excentriques, les rebelles qui se vantent de leur tendresse pour la vérité servent de cible plus souvent pour leur fougue que pour leur optique. Une grande gueule fait plus peur que les mots qu'elle ose émettre.

On me traitera de fou, de récidiviste pour avoir refusé à me soumettre aux lavages de cerveau que le **Grand Rêveur Omnipotent** qualifie de « traitement. » Ensuite je serai « désactivé. » Imaginez une horloge qui fait tic-tac mais dont les aiguilles ont cessé de bouger.

Jérémie étudie les visages hargneux qui l'entourent. Il se demande qui parmi ces « bons citoyens » sera le premier à le trahir. Ils se lèvent et, évitant son regard, sortent de la salle. L'homme qui l'avait applaudi chuchote dans son oreille:

HOMME
Il faut craindre le silence car il englouti la vérité.

Extérieur. Un calme insolite. Les vautours sont à l'aguet.

Intérieur. Des agents de la Police des Rêves frappent à la porte de l'appartement de **Jérémie** et lui remettent un mandat.

JÉRÉMIE (narration hors-écran)
Titus me considère « grand-risque. » Il ne m'accordera qu'un Permis Provisoire de Troisième Classe. J'ai droit aux rêves prévenants, modérés, des fantaisies bien bourgeoises qui s'harmonisent aux mythes et aux réalités établies.

Dégoûté, je me refugie dans le silence, colmatant mon esprit contre le ton martial du procèsverbal que l'on vient de me remettre, contre les menaces qu'il contient. Je me sens seul, horriblement seul. La solitude est un ennemi impitoyable. Elle tue à petit feu, espoir par espoir, souffle par souffle, rêve par rêve. Pour me remonter, je récapitule mes rêves, je les remets en valeur, je les protège contre le doute et l'indécision. Trame par trame, ils éveillent de nouveaux fantasmes et exhument des sépultures fraiches que je confie soigneusement à mon cahier de rêves.

JÉRÉMIE, lisant sa notation à haute voix
Prenez pitié du rêveur. Son art est dissonant, son rendement les fragments défigurés d'un esprit vagabond à la recherche de son "moi" temporel. Rêver c'est prendre part à une réalité virtuelle -- ou de se dérober à la réalité prescrite. C'est un acte d'émancipation absolue dans un domaine sans limites où les monstres mythiques et

réels sont à l'affût. Je devais te dire tout ça avant que tu tournes la page.

Intérieur. Bureau de **Titus**. Ce dernier timbre un document qu'il remet à **Jérémie**.

TITUS
Vous auriez pu larguer ces rêves mutins qui vous hantent. Vous auriez pu les ignorer, les rayer de votre esprit et joindre les multitudes qui s'inspirent de rêves heureux, bienséants, pudiques, patriotiques. Mais **Jérémie** préfère désobéir aux décrets. Il aime guerroyer. Vous aurez de nos nouvelles. Bonne journée.

JÉRÉMIE (narration hors écran)
Je remercie **Titus** et l'invite mentalement à aller se faire foutre. Je cligne des yeux et il disparaît. Le rêve évolue de l'ennui au dégoût, du dégoût à la rancune. Cette dernière apparition est si vive dans son évocation des temps futurs que je la méprends pour un cauchemar vécu. Je lui rends visite comme un pèlerin à un lieu saint, pour mieux en garder la mémoire.

Extérieur. Extrait du film *2001 -- Odyssée Spatiale* de Stanley Kubrick dans laquelle des proto-humains s'agressent les uns les autres -- suivi de métrages de scènes de batailles (Grande Guerre, 2ème Guerre Mondiale, Corée, Vietnam, Irak, Afghanistan, etc.)

JÉRÉMIE (narration hors-écran)
À l'aube ils se servent de leurs mâchoires, leurs crocs, leurs griffes. Plus tard, ils ramassent un gros caillou, un vieil os. Et l'holocauste commence. A midi, les bombes grêlent -- des bombes qui déchi-

rent, fracturent ; des bombes incendiaires qui calcinent tout au passage ; des bombes-choc qui produisent des séismes et vaporisent le granite. Le napalm, comme du plomb fondu, colle à la peau et dévore la chair.

Métrage notoire de Kim Phuk, la petite fille brulée par du napalm qui court nue et affolée le long d'une route au Vietnam.

JÉRÉMIE (narration hors-écran)
Certaines bombes répandent la peste. D'autres paralysent, asphyxient, aveuglent. La bombe neutron éteint les rêves mais épargne les édifices, les grands monuments, les centres du pouvoir. Les binaires sont deux fois plus efficaces qu'une seule dose mortelle de Sarin or de Tabun. Dans des fiefs lointains, le gaz de moutarde est toujours roi. Certains chercheurs sont en plein travail: Ils créent des munitions qui ne tueront que les pauvres, les malades, les fous ou les penseurs gênants, des engins programmés à anéantir certaines races, à faire taire certains hommes grisonnants qui *désobéissent* et *guerroient,* en somme des dispositifs consacrés à ceux qui ne peuvent s'empêcher de prévoir l'avènement d'autres horreurs, qui le disent à haute voix et qui savent qu'on ne trouvera bientôt aucun abris contre l'inévitable. Le crépuscule s'annonce.

Les yeux de **Théo**, le **Grand Rêveur Omnipotent** suivent **Jérémie** qui sort du Ministère du Recensement des Rêves. **Jérémie** méprise son regard impérieux. Un manque de respect envers l'effigie de **Théo**, les affiches électroniques préviennent sans détail, est un forfait. **Jérémie** maîtrise sa rancœur et d'autres visions surgissent devant ses yeux fermés.

GRAND RÊVEUR OMNIPOTENT
Alors, **Jérémie**, quelle sorte d'Utopie es-tu en train de tisser?

JÉRÉMIE, *las et coléreux*
Et toi, **Théo**, à quel mythe te cramponnes-tu? Toute réponse se trouve dans la question qu'elle évoque. Je ne peux t'offrir que ce que j'aperçois : Un monde dans lequel le bien et le mal sont si étroitement enchevêtrés, où le vrai et le faux s'entre-bouffent avec tant de convoitise que ni l'un ni l'autre ne saurait prévaloir. Un monde où les adultes expédient les tout-jeunes pour se faire zigouiller à leur place. Un monde où les soldats sont fêtés pour leurs prouesses barbares avec des médailles et des rubans et des cortèges sonores tandis que le vulgaire tueur pend au gibet.

Théo sourit d'un air sibyllin.

JÉRÉMIE (narration hors-écran. L'éclat écarlate d'une explosion nucléaire l'éclaire de derrière).
Une étrange lueur couleur de sang barbouille le ciel. La mystérieuse incandescence dure quarante jours et nuits. Un grand calme se répand sur la terre. On n'entend plus une seule voix, pas même un murmure. Rien ne pousse, pas un chardon, pas un brin d'herbe. Le vide règne, vaste, éternel.

Intérieur. Assis chez lui sur un canapé, **Jérémie** lis une revue et en analyse le contenu.

JÉRÉMIE (narration hors-écran)
Un reportage dans le numéro du dimanche de la

Rubrique du Rêve a leurré les lecteurs. Au lieu de sonder les ténèbres, comme il s'en était chargé, le reporter jette tout au plus une faible lueur sur le sous-monde où le mal foisonne. Son épuisante chronique de la psychose et de la brutalité révèle un étonnement dépourvu d'horreur. Les évènements sur lequel l'article se penche, tout en s'efforçant de revêtir le mal d'un visage humain -- un tueur en série cannibale, une mère infanticide, un violeur d'enfants, un terroriste, une paire de frères parricides -- ne font que renforcer la banalité du crime. Le mal n'est pas dépisté. Le reporter se contente de le remettre en vitrine dans le panthéon du voyeurisme populaire.

Si le mal était une forme d'énergie exploitable, le monde se noierait dans un océan de carburant.

JÉRÉMIE (narration hors-écran)
Ce fut un jeu d'enfant pour la police du rêve de me dénicher. Elle n'avait qu'à suivre la senteur de mon apostasie. Les rêves *"heureux," "bienséants"* et *"pudiques"* sont au-delà de mes compétences. Je n'essayerai même pas.

VOIX SYNTHÉTIQUE,
récapitulant le mandat
Jérémie, Matricule **3579**, vous êtes convoqué à comparaître à dix heures, vendredi le dix juillet devant l'Agent **Titus** pour élucider une crue de rêves irréguliers le 12, 13, 17 et 21 du mois dernier, en flagrante contravention de l'Article 404, Section 505, Paragraphe 606 du Code Uniforme du Rêve. Soyez prêt à vous soumettre à un interrogatoire

supplémentaire concernant des sujets mal argumentés par vous durant votre récente entrevue avec le susnommé fonctionnaire. Votre Permis de Rêve Temporaire de Troisième Classe est provisoirement annulé.

La non-réponse à cette convocation aboutira à l'irrévocable déchéance de tous privilèges de rêveur, une amende et un an de service communautaire comme fossoyeur au cimetière de votre choix.

Intérieur. Bureau de **Titus**.

TITUS, *affectant l'affabilité*
Je vous avais mis en garde, mon ami. Je ne suis pas déraisonnable. Vous devez collaborer. Essayez de comprendre.

JÉRÉMIE, *avec sarcasme*
Je ne fais que ça.

TITUS
Bon. Où en étions-nous? Ah, oui, qu'est-ce que vos songes vous ont enseignés ?

JÉRÉMIE
Rien que l'esprit humain puisse saisir. Un voile épais semblait recouvrir mes yeux.

TITUS
Ensuite ?

JÉRÉMIE

Je les ai interpellés. J'ai essayé de ne pas les contrarier.

TITUS

Et ... vous leur avez dit quoi?

JÉRÉMIE

« *Puis-je vous aider?* » j'ai dit d'un ton paternel. « *Vous n'existez pas. Je peux vous rendre la liberté. Vous n'aurez jamais plus besoin d'envahir mes nuits.* »

TTITUS

Et qu'ont-ils répondu?

JÉRÉMIE

Un rêve se déroule en silence. Il se contente de poursuivre le rêveur aux confins de la raison, de régir des spectacles de folie que je reconnais.

Titus aperçoit une mouche qui se balade sur son bureau et la suit des yeux.

TITUS, *inattentif*

Euh, quoi ...?

JÉRÉMIE

Une de ces allégories s'acharne à me rendre visite au petit matin. Ça fait des années....

TITUS, toujours fixé sur la mouche

Vous disiez ...?

JÉRÉMIE, *hésitant*

Certains rêves sont bourrés d'abstractions. Je ne

saurais trouver les mots.

Titus emprisonne la mouche sous un verre.

> **TITUS**, *reniflant la subversion*
> *Abstractions?* Que voulez-vous dire au juste ?

> **JÉRÉMIE**
> Des choses que l'on ressent mais qui sont difficiles
> à traduire.

Titus fixe **Jérémie** de son regard de gratte-papier, un regard suffisant derrière lequel se cachent l'ignorance et la stupidité. Feuilletant le Code Uniforme du Rêve et se sentant soulagé de n'y avoir trouvé aucune référence sous la rubrique "abstraction," **Titus** presse **Jérémie** à continuer. Il s'approche du verre, ferme un œil et regarde la mouche comme si à travers un microscope. Gros plan de l'œil de **Titus** vu de la perspective de la mouche.

Jérémie ferme les yeux pour mieux déceler l'origine d'une soudaine apparition.

> **TITUS**, *engueulant **Jérémie***
> Mais bon sang! Continuez !

Titus reluque la mouche qui, ahurie, essaye désespérément de s'évader de sa prison translucide.

> **JÉRÉMIE**
> Une épaisse fumée noire s'élève vers un ciel gris.
> « *Je dois vivre,* » elle se dit sans savoir pourquoi.
> « *Un jour de plus, rien qu'un seul.* » Elle ne fermera
> pas les yeux. Elle a peur de ne pouvoir les rouvrir.

Extérieur. Camp de concentration.

DÉTENUE, *accroupie au sol*
« *Te souviens-tu de nos étés? La pluie nous faisait rire. Nous chantions des airs joyeux pleins d'amour et d'espoir.* »

JÉRÉMIE (narration hors-écran)
Elle tremble et secoue la tête et les souvenirs d'hier la quittent. Les saisons viennent et vont. Le panneau sur l'immense porte de fer forgé a été repeint. **ARBEIT MACHT FREI** il proclame avec un aplomb Teuton. Elle regarde les autres, elle voit leurs yeux creux et vitreux. Les fantômes ne lui font plus peur. Elle en est un.

La fange à ses pieds cache des trésors. Déblayant les cailloux de la terre, séparant les lichens du bourbier gelé, elle s'agrippe à l'inébranlable gadoue, se déchirant les ongles. Bientôt elle trouve ce qu'elle cherchait. Elle épie les alentours.

Elle met le tesson fangeux à ses lèvres comme un enfant au sein de sa mère. Et sa bouche se remplit de salive et elle bave sur son manteau en loques. Elle a son os, encore frais il lui semble, une esquille qu'elle peut facilement escamoter. « *Qui est-ce?* » elle se demande. Son fils? Sa fille? Son mari? La moelle n'a pas de personnalité. La protéine c'est la protéine.

Intérieur. Bureau de Titus.

JÉRÉMIE (narration hors-écran)
Titus ne me demande plus de précisions. Il est bien trop lourd pour saisir les métaphores. Les scribouillards sont obtus de nature. Ils n'ont pas d'imagination. La routine les rend crétins.

TITUS, *sans trop de conviction*
Avez-vous perpétré d'autres rêves?

JÉRÉMIE
Perpétré? Oh, oui, tout un tas.

Titus est fatigué. Les rêves sont indéchiffrables. Leur subtilité le dépasse. Leur légitimité le vexe. Il promène paresseusement le verre d'un coin de son bureau à l'autre, hochant sa tête pendant que **Jérémie** rêvasse. **Titus** ne prend plus de notes. Les ronds-de-cuir sont tous les même -- flemmards, dépourvus d'inspiration, phobiques, cafardeux, facilement distraits -- autrement ils seraient devenus des neurochirurgiens, des poètes ou ... des entomologistes.

TITUS, *aboyant*
Alors, allez-y. Je vous écoute.

Titus, de moins en moins amusé par la pauvre mouche qui se débat, décrète que les insectes stupides n'ont pas le droit de vivre. Il lui arrache les pattes et les ailes, et la laisse tomber, éclopée, sur le plancher. Il la regarde se tordre de douleur pendant quelques instants et l'écrase avec la semelle de sa botte.

TITUS, se *curant les dents avec une agrafe-trombone*
Si je vous comprends bien, vos personnages sont dépourvus de voix.

Jérémie pèse la question. Son intuition le met en garde contre le zèle inquisitoire, contre le sourire malveillant de **Titus** tandis que des scènes d'autodafés, de chasses aux sorcières dansent au seuil de son sous-conscient. Il décide que **Titus** est trop bête pour l'appâter alors il lui donne le coup de grâce.

JÉRÉMIE
Non. Mais ils me permettent de mettre des mots dans ma propre bouche. C'est amusant.

TITUS

Mais qui diable sont-ils? Vous les reconnaissez? Où vous les inventez au passage?

JÉRÉMIE

Ce sont tous des comédiens sans nom. Je les choisis au hasard. On n'a jamais le temps de répéter....

TITUS

Est-ce-que vous rêvez en couleur?

JÉRÉMIE, *adressant la camera*

Quel con!

JÉRÉMIE, à Titus

Mais non. Ma vie est un film noir.

Intérieur. L'appartement de **Jérémie**. La caméra se penche sur les détails les plus bizarres, les plus troublants des gravures de Jérôme Bosch, Albrecht Dürer et Francisco Goya accrochées sur les murs. **Jérémie** reçoit quelques accointances.

JÉRÉMIE (narration hors-écran)

Je leur dis que je collectionne des peintures réalisées dans des asiles de fous. Rares sont ceux qui reconnaissent les maîtres qui les ont créés.

Une des accointances, *se grattant le crane*

Hm, c'est intéressant.

Une autre accointance, *épouvantée*

Mon Dieu, c'est affreux.

JÉRÉMIE (narration hors-écran)

Rien ne suscite des âneries comme l'ignorance ou

la fausse épouvante.

LES ACCOINTANCES

Vous plaisantez. Peints dans un asile de fous. Elle est bien bonne...! (dit l'un).

On dirait plutôt l'atelier du Diable ! (exclame un autre).

Jérémie, exaspéré, fait un geste qui encercle un globe terrestre imaginaire.

JÉRÉMIE

Vous avez tous raison. Regardez bien autour de vous. Et cette putain de monde, c'est quoi?

JÉRÉMIE (narration hors-écran)

Si les cauchemars semblent être réels, la vie en est autant. Les rêves blessent moins. Tout le monde est fou. Seuls les braves profitent librement de leur folie.

Intérieur. Studio de télévision.

PRÉSENTATEUR

Les superpuissances se sont secrètement engagées à faire la guerre jusqu'au jour où leurs empires s'effriteront. Mini-conflits, "expéditions," invasions-éclair seront manigancées et éclateront, comme d'habitude, dans l'arrière-cour des autres -- avec ou sans leur consentement. De temps en temps, les adversaires échangeront des mots pleins de rancœur, histoire de tenir le monde dans état d'angoisse permanente.

C'est dans la froide atmosphère du désaccord qu'on s'apprête à faire face à l'inévitable. Le pacte est simple, diabolique. Il est fondé sur le principe qu'une bonne petite guerre contrecarre les effets nocifs d'un surpeuplement démesuré. Ainsi, selon les banquiers et les sociologues, des créatures qui se bornent à se reproduire sans contraintes menacent la survie de la race humaine et doivent être régulièrement liquidés. Les théoriciens soulignent que les désastres naturels sont imprévisibles et rares, et qu'ils leur manque la finesse, la fourberie, le génie inventif de l'homme.

Nous apprenons aussi que des dissidents chinois ont été arrêtés et torturés, et que le swastika renaît dans une "nouvelle" Allemagne défigurée par la réunification. Dans les Balkans, un néologisme banal -- "purification ethnique" -- ne réussit pas à atténuer le barbarisme qu'il évoque.

Les guerres tribales et le SIDA au cœur de l'Afrique ajoutent une nouvelle tonalité au mot *holocauste*. En Amérique Latine, les colonels et les régimes fantoches corrompus nourrissent le mécontentement populaire en aiguisent la discorde afin de mieux l'écraser.

Les sikhs, les hindous et les musulmans -- chacun convaincu de la pureté de leur cause -- mettent feu à un sous-continent dévoré par l'analphabétisme, la misère, la faim et les fléaux.

Et en "Terre Sainte," au défi de toute vertu, sagesse, miséricorde et prophétie, la peur, la méfiance et la haine se moquent du dieu que les juifs ont inventé, que les chrétiens ont paganisé et que les adeptes de Mahomet ont conscrit et armé jusqu'aux dents.

Intérieur. Titus ne fait aucun effort pour étouffer un rot sonore. Au lieu de s'excuser il sourit et renifle l'air pour mieux jouir de son exquise puanteur. **Jérémie** s'évente avec son cahier de rêves.

TITUS

C'est tout pour l'instant. Vous aurez de nos nouvelles.

Titus ferme le dossier de **Jérémie** et décroche un interphone.

TITUS

Envoyez le suivant.

Intérieur. Studio de télévision.

PRÉSENTATEUR

Voici notre dernier bulletin. Le Ministère du Recensement du Rêve annonce la saisie d'un nombre de rêves-contrebande. Dits « morbides et séditieux, » les rêves ont été confisqués hier dans la soirée durant une descente sur un atelier clandestin.

La razzia a ramassé plusieurs rêveurs qui s'opposent au recensement des songes dans l'inventaire du Nouvel Ordre.

Le service secret du Bureau National de la Sécurité du Rêve a recueilli des informations sur les méthodes, l'entraînement et le nombre d'adhérents d'un prétendu jeune mouvement de résistance.

Un porte-parole de l'Union du Libre-Rêve affirme que la recrudescence de rêves occultes signale un désenchantement répandu parmi les libres penseurs.

Le Nouvel Ordre, qui représente des intérêts politiques, économiques et religieux, est considéré par un grand nombre de citoyens comme une clique dangereuse de soi-disant guérisseurs mystiques qui s'octroient des pouvoirs dictatoriaux et dont le but est de transformer la société en un vaste bazar de corruption, d'asservissement et d'injustice.

Cette allégation fut réfutée avec véhémence par **Théo**, le **Grand Rêveur Omnipotent**.

Intérieur. Bureau de **Théo**.

THÉO

Les colporteurs d'idées hérétiques sont farcis d'illusions et souffrent d'une psychose aigue. Leurs caprices doivent être donc mis hors la loi afin de les empêcher d'empoisonner la société. Nous sommes convaincus que le langage rétif tenu par les clairons du mécontentement, en flagrante contravention de notre auguste Code Uniforme du Rêve, a pour but d'ébranler et de renverser la majorité souveraine.

Intérieur. Studio de télévision

PRÉSENTATEUR

Le Grand Rêveur Omnipotent a refusé de nommer les auteurs des rêves confisqués, se contentant d'avertir le public que d'autres arrestations sont imminentes. Les inculpés risquent de subir des « manipulations rééducatives cérébrales, » procédures condamnée par les activistes du libre-rêve mais en vogue autour du monde. Nous apprenons par la suite qu'une enquête indépendante a établi la présence de très hautes concentrations de dioxine et de mercure, ainsi que des niveaux élevés de déchets nucléaires dans les parcs d'enfants de quatre bidonvilles construits sur des terrains-vague appartenant à **Théo**. Ce dernier a vigoureusement contesté les résultats de l'enquête et accuse « une cinquième colonne de vauriens dont le seul but est de souiller l'honneur du Nouvel Ordre et de promouvoir les lubies qu'ils épousent. »

JÉRÉMIE (narration hors-écran)
Sur les lèvres des bureaucrates le mensonge a un goût du miel. L'atroce cruauté de **Titus** me hante encore. Je revis le triste spectacle d'un acte insensé. Ce n'était qu'une mouche inoffensive, libre, curieuse, capable d'acrobaties que nul engin conçu par l'homme n'aurait pu risquer....

Intérieur. Bureau de **Titus** (flash-back)

TITUS
"Vous devez atterrir éventuellement...."

JÉRÉMIE
"Pour faire le plein, c'est tout."

JÉRÉMIE (narration hors-écran)
... Une humble mouche abrutie par la réclusion, affolée par le démembrement, incapable de saisir l'horreur de son sort, se tordant de douleur, un inutile reflexe animant une cinétique désespérée, la dernière cadence d'une vie qu'un scribouillard nommé **Titus** -- juge, juré et bourreau -- supprime d'un coup de botte.

C'est un spectacle si ignoble que le crâne de **Jérémie** éclate comme un

45

ballon sur-gonflé, éparpillant les débris de son chagrin aux quatre vents.

ACTE II

TÉMOIGNAGE

Intérieur. Appartement de **Jérémie**. Au petit matin, accompagné de quatre agents, un inspecteur de la brigade spéciale de la Police du Rêve, éveille **Jérémie** d'un songe délicieux et le fait comparaître devant le Tribunal du Rêve.

Intérieur. Tribunal.

MAGISTRAT
Jérémie, Matricule **3579**, vous êtes accusé de crimes prévus par la Loi de Sédition du Rêve, à savoir insubordination, contre-culturalisme, iconoclasme et tentatives de débauche contre le cœur et l'esprit de la majorité. Votre défense?

JÉRÉMIE
Innocent.

MGISTRAT
Vous plaisantez.

JÉRÉMIE
Au contraire.

MAGISTRAT

Vous n'avez pas l'air de comprendre.

JÉRÉMIE

Oh, je comprends parfaitement. Monsieur le juge ne saurait que faire d'un innocent. Une présomption d'innocence est un dilemme. Les aveux sont moins épineux. Ils lui évitent la fâcheuse obligation de tisser des banalités, de déformer ou d'escamoter la vérité. Dans son tribunal, où la libre pensée est l'équivalent moral de la trahison, un innocent ne peut être acquitté sans endommager sa réputation et son autorité.

MAGISTRAT, *narquois*

Et un inculpé qui est son propre défenseur a un sot pour client. Si vous n'avez pas d'avocat la Cour en mettra un à votre disposition.

JÉRÉMIE

Un avocat ? Ou un délateur ? Non, merci. Le sot plaidera mon cas.

MAGISTRAT

Comme vous voulez. A votre place je me réveillerais. Votre plaidoyer est insensé. Réfléchissez bien aux fardeaux de l'innocence, aux risques que vous prenez en vous y cramponnant. Avouez et toutes les imputations contre vous seront levées.

JÉRÉMIE

C'est vous qui rêvez maintenant....

Le **Magistrat** toise **Jérémie** avec mépris. **Jérémie** reconnait dans son regard glacial le vide absolu d'un dogmatisme inébranlable.

MAGISTRAT

On vous écoute.

JÉRÉMIE

Votre **Théo** ne supporte pas le désordre. Il doit régner sans entrave. Pour prévaloir, il régit par décret. Son paternalisme est odieux. Les enfants sont les premières cibles de ses directives doctrinaires. Son programme scolaire exige que les jeunes apprennent par cœur des slogans et des proverbes dissimulés dans des contes de fées, des fables, des légendes. Les vers riment comme il se doit et les balivernes qu'ils communiquent sont prodiguées sans honte sur les ingénus. Mais les platitudes qu'ils insinuent dans l'esprit des tout-petits n'ont rien à voir avec la moralité. Ils ne visent pas à éveiller l'esprit mais à inculquer des convictions tordues, à soustraire le dernier brin de curiosité, d'imagination et d'indépendance qu'un enfant puisse encore avoir.

Son nouvel instrument de propagande est *La Cigale et la Fourmi*, une allégorie débordant de charme et d'astuce. Soutenue par une pédagogie habile, son message essentiel a pour but de suborner les jeunes, de les convertir en bêtes de somme disciplinées et égoïstes.

MAGISTRAT

Vous perdez votre temps ... et le nôtre.

Jérémie scrute la galerie. Les spectateurs bourdonnent avec émoi tout en brandissant une édition-poche de *La Cigale et la Fourmi*. C'est la Bible du moment, le petit Livre Rouge pour toutes occasions. Ils le consulteront et lui accorderont la révérence réservée à l'Evangile.

JÉRÉMIE
Ben Franklin a dit, « *La foi exige que l'on détourne les yeux de la raison.* »

MAGISTRAT, *au sténographe*
Ignorez cette insolente remarque.

MAGISTRAT, *se tournant vers Jérémie*
Nous sommes réunis pour étudier votre cas, pas pour faire la pub à un franc-maçon et un libertin.

JÉRÉMIE, *aux spectateurs*
... Ou pour rendre hommage à une ingénue -- mal comprise, mal-aimée, mal représentée et calomniée depuis des siècles. Le cœur de ma défense est fondé sur l'absolution de cette pauvre bestiole. Je parle de la cigale, cet insecte primitif et maladroit qui fredonne en été et meurt « *quand la bise fut venue....* » Je plaide au nom de cet aviateur balourd qui batifole d'arbre en arbre et chante des chansons d'amour. Et je vous offre la vulgaire fourmi -- travailleuse, c'est sûr, taciturne et infatigable -- et dont le seul mandat est de s'approvisionner, de survivre, de se reproduire avec un entêtement irréfléchi ... comme vous tous ... elle ....

Les spectateurs grognassent.

JÉRÉMIE, *au juge.*
... Elle trime de l'aube au crépuscule, de sa naissance à son trépas. Inconsciente de sa mortalité, mal apprêtée pour la disette qui l'attend, pour les périls de l'hiver, la cigale se contente de chanter. « *Et quand la bise fut venue,* » quand le premier ver-

glas d'automne la trouvent « *fort dépourvue....* »
Vous vous souvenez du reste. La pauvre cigale
frappe à la porte de la fourmi et la supplie de lui
accorder quelques miettes.

> « *La fourmi n'est pas prêteuse : C'est là son
> moindre défaut. Que faisiez-vous au temps
> chaud ? dit-elle à cette emprunteuse. Je chan-
> tais, ne vous déplaise. Eh bien ! Dansez mainte-
> nant.* »

Et la fourmi claque la porte au nez de la cigale
ahurie.

Les spectateurs mugissent avec une méchante allégresse.

SPECTATEUR
Ça vous apprendra à vanter cet infect parasite.

JÉRÉMIE
Oui, l'été de la cigale est bref, une symphonie en
un mouvement, une ode à la joie, le triomphe de
l'insouciance. La fourmi vit un peu plus longtemps afin de servir la colonie. Seule la mort la dé-
livre de cet esclavage.

Le magistrat est aussi perspicace qu'un filet de maquereau. Le soupçon rétrécit ses yeux en deux fentes cruelles.

MAGISTRAT
Où voulez-vous en venir ?

JÉRÉMIE
Oh, je réfléchissais à haute voix.

Les spectateurs ricanent en singeant **Jérémie**.

SPECTATEURS

« Oh, je réfléchissais à haute voix.... » Gardez vos réflexions et poursuivez votre défense saugrenue.

JÉRÉMIE, *impassible*

La malhonnêteté de *La Cigale et la Fourmi* est évidente et pourtant vous êtes tous myopes. Vous avez tous été programmés à croire qu'un labeur incessant et crevant assure votre bien-être, qu'il vous protège contre l'injustice. Domptés et endoctrinés, nantis de quelques droits limités qui vous donnent l'illusion d'indépendance, vous sacrifiez votre vie afin d'engraisser la reine et d'enrichir ses acolytes. Vous vivez dans un état constant de panique. Vos soldats meurent sur les champs de bataille. Vos ouvriers vieillissent bien prématurément. Ni la reine, ni la colonie ne saurait reconnaître vos sacrifices.

SPECTATEUR, *bavant de haine*

Traitre ! Bolchevique ! Agent provocateur !

JÉRÉMIE, *calmement*

Le destin de la fourmi est de se surmener. Celui de la cigale -- de chantonner. Ils ne se font pas concurrence. Mais Monsieur de La Fontaine fait les louanges du turbin de la fourmi tout en inspirant le mépris pour la cigale. Alors....

SPECTATEUR

Bou ! Renégat !

JÉRÉMIE

... alors, en promouvant l'intolérance, l'égoïsme et l'avarice, Monsieur de la Fontaine divinise l'immoralité.

Intérieur.

Á bout de souffle, ruisselant de sueur, **Jérémie** se réveille dans son lit. Le songe ranime sa détresse. Il s'attend à d'autres tourmentes. Quand on se fait du mauvais sang, on se prive du plaisir de s'en foutre.

ACTE III

INCULPATION

Intérieur. Cabinet du directeur d'un bureau de recherches, quelque part à Manhattan.

DIRECTEUR

Votre réputation vous précède. Le marché du rêve est un vaste vignoble et la récolte est aussi riche qu'elle est louvoyante. Il est difficile d'en faire un inventaire complet. Même la pacotille a ses adhérents. Mais les rêveurs crèvent d'ennui et réclament sans cesse des nouveautés. Enfin, c'est comme ça. Mais parlons de vous. J'entends que vous avez découvert un nouveau genre de fenêtre à travers laquelle on peut contempler les rêves.

JÉRÉMIE

Vous m'attribuez trop d'importance. Je n'ai fait rien d'aussi remarquable. Je suis contestataire, pas révisionniste. Je me penche sur des rêves qui rendent les fenêtres superflues. Mais je suis loin d'avoir obtenu des résultats concluants. Mes rêves n'ont jamais le dernier mot. Les idées que je saisis au passage doivent être délestées afin de céder la place à d'autres songes. Tout échafaudage que je réduis en moellons, chaque solive et poutre et croisée que j'abats, chaque couche de peinture que je racle -- en somme tout comble que je dégage -- crée un vide qui doit être rempli.

DIRECTEUR

Vous voulez dire que les fenêtres obstruent la raison ?

JÉRÉMIE

Tout à fait. Indépendamment de son orientation, une fenêtre n'offre qu'un champ visuel bien étroit. S'il faut avoir plusieurs fenêtres pour saisir la totalité des choses, à quoi servent-elles ?

DIRECTEUR

Prenons les choses plus loin -- si vous le permettez. Croyez-vous que les portes sont aussi gênantes que les fenêtres ?

JÉRÉMIE

Les portes sont des dispositifs à double-usage -- l'entrée et la sortie. On peut se passer de fenêtres. On ne saurait vivre sans portes.

DIRECTEUR

Étant donné que les fenêtres protègent contre les intempéries, tout en offrant quelque perspective -- aussi étroite qu'elle soit -- auriez-vous le cœur de nous en priver ?

JÉRÉMIE

Le cœur ? Où voulez-vous en venir ? Auriez-vous
le cœur de priver un aveugle d'une lanterne ?

DIRECTEUR, *déçu*

Je comprends. Vous disiez tout à l'heure que vous
étudiez les rêves qui rendent les fenêtres inutiles.
Inutiles à qui ?

JÉRÉMIE

Á ceux qui sont disposés de voir les choses telles
qu'elles sont.

DIRECTEUR

Et les risques ?

JÉRÉMIE

Les risques c'est les rêveurs qui les assument. Un
rêve n'est pas un objectif. C'est une balade prime-
sautière à travers des régions occultes. Mais mieux
vaut la moitié de quelque chose que le tout d'un
rien. On choisirait de s'égarer que d'être privé du
droit de se perdre. On préférerait tituber que
d'emboiter les pas des autres. On choisirait le rêve
à la somnolence. Mais ne craignez rien. Les rêveurs c'est comme les gorilles : ils sont en voie
d'extinction. Ils s'entêteront à attiser la conscience
collective sans prévaloir. Les pragmatistes et les
mauvais coucheurs les en empêcheront.

DIRECTEUR

Que voulez-vous dire au juste ?

JÉRÉMIE

Un jour j'ai demandé à Ayn Rand si elle prêchait contre la pitié et l'altruisme parce que ces vertus enfreignent à la nature, ou parce que l'égoïsme et la cruauté sont si répandus, si utiles. Elle haussa les épaules, s'excusa et quitta le rêve sans dire un mot.

Dans un autre rêve j'ai interpelé Pascal. « Blaise, crois-tu vraiment que l'homme est capable de 'gouverner son être' -- comme tu as sinistrement classé la vie -- quand les papes et les inquisiteurs l'en interdissent ? » Il se moqua de moi, m'accusa d'hérésie et m'aurait envoyé au bûcher si je ne m'étais pas réveillé à temps.

DIRECTEUR

On pourrait supposer que vos rêves frôlent l'hérésie. Le libre arbitre a ses limites -- et ses désavantages. Mais rassurez-vous, les présomptions ne nous intéressent guère. Pour ma part, je prône la neutralité.

JÉRÉMIE, *en gros plan, pensant à haute voix*
La neutralité c'est l'indifférence des lâches.

DIRECTEUR

Soyons pratiques. Vos nouveautés me paraissent inestimables. Elles pourraient un jour nous aider à atteindre notre objectif final et ....

JÉRÉMIE

« Objectif final ? »

DIRECTEUR

Un rêve qui peut se passer de fenêtres, c'est un sacré coup. Mais nous cherchons aller plus loin.

JÉRÉMIE

Plus loin ?

DIRECTEUR

Oui, nous voulons éliminer les rêves entièrement -- c'est-à-dire évincer le besoin de rêver. Nous voulons créer un état d'âme capable de susciter un tel niveau de sérénité que la réalité devient plus souhaitable que le rêve le plus exquis. Ça vous scandalise ?

JÉRÉMIE, *s'emportant*

Que voulez-vous dire par « état d'âme ? » Quel est votre notion de la réalité ? Non, vous ne vous engagez pas à éliminer les rêves mais à défenestrer les rêveurs, à ceinturer la réalité, à barricader la pensée, à modifier l'homme selon une optique étroite. Votre projet est stupide. Un rêve, c'est l'eau-de-vie de l'espoir

DIRECTEUR

Vous parlez comme un prophète en proie à une extase messianique....

JÉRÉMIE

Et vous dites des conneries. Les rêves rendent la réalité supportable mais ils ne l'éliminent guère. Il n'y aurait aucune raison de rêver si ce n'était que pour l'émousser. Et quoi que soit la forme qu'elle se donne, la réalité est immuable. Ce que vous envisagez est farci de pièges.

DIRECTEUR

Comment ?

JÉRÉMIE

Le chemin de l'enfer est pavé de bonnes intentions. Cette folie a sûrement été enfantée par un « sauveur » dévoyé qui ne se contente pas de rêver ses propres rêves, mais qui veut rêver les nôtres afin de mieux nous asservir.

Prenez Moïse. Il a conçu un inventaire de lois que nous profanons sans gêne. Jésus, un halluciné schizophrène, a rêvé son propre destin. La Pax Romane de Jules César fut extorquée avec le glaive et la République tomba. Mahomet a marqué au feu rouge l'âme des convertis avec une parodie brutale du rêve judéo-chrétien. L'orgueil et les guerres ont éclipsés l'utopie mégalomane de Napoléon. Karl Marx a voulu répartir le trésor national. Pauvre Marx ; il oubliait que la convoitise se met en travers de la générosité, que l'idéalisme est anéantit par l'idéologie. Alors Staline et Mao et Pol Pot ont kidnappé le fantasme de Marx et l'ont corrompu. Hitler voulait enfanter un superman et une race-maître ; il a brisé des millions de rêves et avili l'Allemagne. Ils ont tous envahi nos rêves, imposé leur réalité sur un monde qui peut à peine se nourrir et qui se multiplie avec insouciance. Les hommes ne font jamais autant de mal que quand ils le font par conviction -- ou par bêtise.

DIRECTEUR, *mièvre*

Mais, ces hommes ... euh, étaient aussi des rêveurs

-- à leur façon, non ?

JÉRÉMIE

Non. Ces hommes -- ces canailles -- étaient des marchands de cauchemars, des arrivistes prétentieux et cruels dévorés par l'ambition, le narcissisme, l'arrogance. Ils ne se contentèrent pas de colporter leurs ignobles idées. Ils exigèrent que les masses les adoptent... sous peine de mort -- physique et psychique.

DIRECTEUR

Ils voulaient changer le monde -- comme tous ceux qui les ont suivis.

JÉRÉMIE

Vous justifiez leurs crimes ?

DIRECTEUR, *confus*

C'est-à-dire que.... Mais dites-moi, alors … vous croyez que Jésus était, comme Nietzsche le prétend, un trublion politique, ou un sauveur qui a souffert le calvaire pour son humanisme, qui est mort pour nos pêchés ?

JÉRÉMIE

Nietzsche a tissé ses propres rêves. Je ne saurais le contredire. C'est le corps politique que je considère hors-la-loi. Jésus était un égaré, un fabricant de rêves que la folie collective et le fanatisme de ses disciples ont perverti. Des torrents de sang ont été versé en son nom. Le « Sauveur » n'a rien sauvé. Nous sommes aussi contrefaits que nous l'étions de son temps.

Le clergé travaille avec acharnement pour peindre Jésus comme le prince de la paix et d'amour. Mais l'Église ne parle jamais d'un certain passage de l'Évangile qui annule en quelques mots tout ce que le Christianisme prétend incarner :

> « *Je vous le dis, on donnera à celui qui a, mais à celui qui n'a pas on ôtera même ce qu'il a. Au reste, amenez ici mes ennemis, qui n'ont pas voulu que je régnasse sur eux, et tuez-les en ma présence.* » (Luc, 19:27).

Voilà pour ce qui est de son altruisme. Le simulacre et les illusions sont des asiles douillets. Et le vôtre, Monsieur le Directeur, n'est qu'un stratagème pour nous y livrer.

DIRECTEUR, *balbutiant*
Comprenez, euh, je veux dire, ce n'est pas, euh, mon stratagème et....

JÉRÉMIE
Non, c'est celui de **Théo** et de ses complices. Mais vous le défendez, vous les favorisez. Vous vous écartez du culte mais vous vous inclinez devant les convictions qui l'ont engendré, qui la soutiennent -- et qui vous permet de vivre.

DIRECTEUR, *gêné*
Que voulez-vous, c'est mon gagne-pain. Il subventionne d'autres rêves. Un nouveau mobilier. La piscine que nous venons d'installer. Nos vacances aux Seychelles. Et puis je dois encore tout un tas de fric sur la BMW. Monique, notre cadette a be-

soin d'un rectificateur dentaire. Marthe, ma femme, veut faire un lifting. Regardez-la....

Le **Directeur** montre du doigt un portrait de famille sur son bureau. **Jérémie** examine Marthe, grassouillette, la peau lisse et blanche d'une truie, ses cheveux soigneusement peignés -- on peut presque humer le lait qui exsude de cette petite bourgeoise aux rondeurs généreuses qui a enfanté trois fillettes potelées, toutes laides, et qui en aurait produite encore une ou deux si les exigences du budget de famille n'avaient éteint le libido de son mari. **Jérémie** scrute Monsieur le **Directeur**, sa coupe de cheveux militaire, sa chemise blanche monogrammée, son costume trois-pièces gris-acier, sa cravate de soie italienne et ses chaussures vernies, sa montre Rolex-or et sa grosse bague-diamant surplombant son petit doigt. **Jérémie** rejoue la faible disculpation de ce flagorneur.

> *« Ce n'est pas mon stratagème.... »*

Jérémie se souvient des bons mots -- de la noble répartie d'un de ses héros, le révolutionnaire américain, Thomas Paine.

JÉREMIE, *en gros plan.*
« Quand un homme a si complètement corrompu et prostitué la chasteté de son esprit afin de souscrire ses qualités professionnelles à des choses auxquelles il affirme ne pas croire, cet homme se prépare à commettre d'autres crimes. »

Intérieur. Tribunal.

HUISSIER
Le Tribunal du Rêve est en séance. Levez-vous.

MAGISTRAT, *à l'huissier, ensuite aux spectateurs.*
Convoquez l'inculpé. Asseyez-vous.

HUISSIER

Oyez, oyez. Le nommé **Jérémie**, à la barre.

MAGISTRAT

Jérémie, vous êtes accusé, conformément à la Loi de la Sédition du Rêve, de crimes contre **Théo** et le Nouvel Ordre Universel : insubordination, contre-culturalisme et trafic de rêves illicites. Comment plaidez-vous ?

JÉRÉMIE

Je répète, innocent. La libre pensée, la laïcité sont à l'épreuve, pas moi.

MAGISTRAT, *au sténographe,*
ensuite à **Jérémie.**

Rayez cette remarque. La libre pensée est un fantasme. La laïcité est une idée réfractaire montée pour putréfier la société. Êtes-vous prêt à reprendre votre défense ?

JÉRÉMIE

Oui.

MAGISTRAT

Allez-y.

JÉRÉMIE

C'est à vous de valider les plaintes.

Surplombant le tribunal de son nid de pie dressé sur une plateforme à plus de trois mètres au-dessus du prétoire, le **Magistrat** déploie ses manches pourpres rayées de noir avec la bravoure d'un chef d'orchestre.

MAGISTRAT
Non ! C'est à vous de les démentir.

Le regard sauvage, tricotant furieusement et rappelant des scènes qui font penser à la Terreur, des ménagères occupent les premiers rangs de la galerie.

JÉRÉMIE
Tel que l'eau ne peut être consciente du nombre infini de molécules qui la composent, ou que le feu ne peut sentir la flamme, ainsi un rêve ne peut se percevoir. Il *est*, c'est tout.

Jérémie s'arrête, sonde la galerie et affronte les regards mauvais. Il ne s'attend ni à la sympathie ni à la gloire. Il n'a besoin que d'une oreille honnête parmi les sourds. Mais les sourds ricanent en prétendant ne pas l'entendre.

MAGISTRAT
Continuez.

JÉRÉMIE, *adressant les spectateurs.*
Vous devez tous vous demander quel est le hasard qui me mène devant vous. Je vais vous le dire. A trois heures du matin, le 16 Septembre dernier, je fus secoué de mes rêveries par un fracas de verre brisé. Quand j'atteins le trou béant de la fenêtre de ma chambre d'hôtel, Emile Rousseau, avec lequel je m'étais saoulé dans la soirée, était affalé sur le trottoir -- mort. Ses yeux étaient ouverts et un soupçon de sourire marquait son visage ensanglanté. Broyé de tristesse, je me souviens avoir voulu me noyer dans un océan de larmes.

SPECTATEUR

T'auras tout le temps de chialer, connard. On y veillera.

Un cruel gloussement collectif secoue les spectateurs.

JÉRÉMIE

J'étais là, penché sur le rebord de la fenêtre, incapable de bouger, les feux-follets de l'amertume, de la mort et de la folie tourbillonnant dans mon cerveau.

Extérieur. Un léger crachin enveloppe un petit bourg quelque part en France.

Intérieur. Tribunal.

JÉRÉMIE

J'entendis des cloches tinter. Mes yeux se dirigèrent au-delà des plus hautes flèches. Découpé contre une lune blême se dressait, fantomatique et imperturbable, l'Antre du Roi. C'est là que mes rêves et ceux de Rousseau s'accouplèrent.

MAGISTRAT

Vous nous faites un récit de voyage ou un plaidoyer ?

JÉRÉMIE

Permettez-moi quelques détails pertinents. Même de loin, l'Antre du Roi s'esquisse comme un vaisseau-fantôme, un revenant de pierre grise. Austère, presque menaçant, l'édifice domine un rapiéçage de toits d'ardoise et de tuile, de pignons sculptés et de poivriers.

Extérieur. Jérémie (narration hors-écran tandis que la caméra parcourt le panorama qu'il décrit).

JÉRÉMIE

Entassés comme des bernacles sur une coque engloutie, des maisonnettes se rangent le long de ruelles étroites et sinueuses, de squares et d'arcades. Un vieux pont de bois enfourche un cours d'eau empressé.

Intérieur. Tribunal.

JÉRÉMIE

C'est par ces anciennes travées et le long de ces impasses serpentines que les mystiques et les lépreux, les moines errants et les alchimistes, les marchands et les badauds, les chevaliers et les poètes d'antan ont vécu et sont morts. Et c'est dans l'ombre de cette citadelle, où les inquisiteurs torturaient les pêcheurs et brisèrent leur esprit pour mieux sauver leur âme, que j'ai perdu la raison, pour ainsi dire, et comme ce tribunal le prétend.

Non, je ne me suis pas rué, le regard sauvage, l'écume aux lèvres et un couperet au poing, sur des passants. Je ne me suis pas transformé en torche humaine sur la place publique comme un bouddhiste réfractaire. Je n'ai pas attrapé des mouches imaginaires. Je ne me suis pas déclaré le Roi Soleil ou le pharaon Ramsès. Non, ma démence fut infiniment plus triste : J'avais saisi une nouvelle optique et ouvert un œil jadis aveuglé par l'ignorance et le conformisme, et, à sa requête, j'avais tué Émile Rousseau, l'homme qui m'avait montré le chemin.

MAGISTRAT, *aux spectateurs.*

Il faut noter qu'une fois acquise, cette « *nouvelle optique* » ne peut jamais être reniée -- ce qui rend le crime de l'inculpé d'autant plus exécrable.

Les spectateurs sifflent et applaudissent.

JÉRÉMIE

On ne saurait renoncer à la vérité mais elle est souvent celée par les initiés ou brutalement liquidée par ceux qui la craignent. Car la vérité est une tumeur, n'est-ce-pas, un cancer qui ronge les os et bouffe l'âme....

MAGISTRAT, *moqueur*

... Et les infectés seront guéris, réhabilités. Nous en tenons les moyens.

Les spectateurs s'esclaffent. Le sarcasme est une douce musique à leurs oreilles.

JÉRÉMIE

Guéris ? Réhabilités ? Vous voulez dire catéchisés, étouffés.

MAGISTRAT, *hautain.*

Appelez ça comme vous voulez. Revenez à votre canular.

JÉRÉMIE

J'ai la passion des châteaux. Franz Kafka le confirmera. Je les étudie, les photographie, et je passe souvent des nuits entières dans une chambre froide et humide pour entendre ce que leurs murs jadis recouverts de tapisseries disent encore à ceux qui les écoutent. Tel était mon mandat le neuf Septembre, quand j'entrepris d'explorer l'Antre du Roi. Érigé au sommet d'un immense rocher, il consiste de deux tours jumelles épaisses de pierre taillée où logèrent des dynasties de nobles et leurs familles. Blême et menaçante, cette forteresse signalait leur puissance et leur souveraineté et, pendant des siècles, servit de refuge contre les malandrins.

C'est de ces hauteurs que des cuvées d'huile bouillante et des chaudrons de plomb fondu -- consacrés comme il se doit avec de l'eau bénie -- furent versés sur des ennemis dont l'arsenal avait été pareillement sanctifié. Entre les sièges et les batailles et la peste, les seigneurs faisaient la chasse dans leurs vastes forêts. La nuit, à la lueur tremblante de torches et de cierges, la grande salle s'animait avec des festins agrémentés par des danseurs, des jongleurs, des troubadours et des devins -- certains parmi eux qui furent écartelés ou livrés aux loups pour avoir par malheur chanté faux, trébuché ou présagé un destin moins que parfait. *Noblesse oblige.*

MAGISTRAT

Coupez court votre leçon d'histoire, **Jérémie** ou je vous collerai une amende pour outrage à la Cour.

JÉRÉMIE

Cet arrière-plan était indispensable afin de comprendre ce qui suivit.

MAGISTRAT

Bon, allez-y mais c'est mon dernier avertissement.

JÉRÉMIE

Quand le hasard nous unit, Rousseau et moi, tard dans l'après-midi, nos rêves s'unirent pendant quelques jours. Je ne saurais dire qui paya le prix fort. Mais je n'oublierai jamais la façon dont il envahit mes nuits.

Ses yeux étaient rouges, ses paupières bouffies et moites. Son nez coulait sans cesse. Un mégot jaunâtre pendait de ses lèvres. Une *Gitane* sans doute. Il puait le vin.

« *Quelques sous, Monsieur ?* » me dit-il, une main crasseuse tendue vers moi. « *Une bonne affaire qui vous affranchira,* » ajouta-t-il timidement, prêt à reculer, à se soustraire de la bassesse d'un regard distrait ou mesquin, à éviter une cinglante rebuffade.

Je me trouvais devant un homme sans doute incapable de se défendre contre l'indifférence, un homme certainement habitué -- sinon immunisé -- contre l'avarice et de dédain. J'enfonçai mes mains dans mes poches, évitant ses yeux. Il semblait mal adapté à ce rôle de clochard mais il avait ce regard de mendiant qu'il faut éviter, un regard liquide dans lequel flotte les cadavres de l'espoir, de la volonté, un regard terne suintant d'amertume. C'est un regard que je reconnu, que j'avais appris à esquiver, un regard universel qui communique l'apathie, la peine, la stupeur et l'avilissement.

Je luis donnai toute ma petite monnaie. Ce n'était pas grand-chose. J'ai balbutié quelque excuse banale et continua mon chemin. Il me suivit, déambulant de travers comme un crabe tout en tirant doucement sur ma manche.

Extérieur. Grand parc attenant au vieux château.

ROUSSEAU

Vous en faites pas, M'sieur. Moi j'accepte tout. Je n'suis pas difficile. Vous avez donné de bon cœur. Une fraction de quelque chose vaut plus que le tout d'un rien -- si vous voyez c'que j'veux dire.

Un garde champêtre en tenue s'approche, cligne de l'œil, un doigt décrivant un cercle autour de sa tempe.

GARDE

Ne lui prêtez aucune importance. Rousseau est inoffensif mais il est bavard. Il a dû être avocat dans un rêve antérieur. Avocat ou prophète.... Enfin, il est interdit de mendier. Ne l'encouragez pas.

JÉRÉMIE

Quelques centimes ? Un simple geste de charité ? J'aurais été bien mesquin si je lui avais donné moins.

ROUSSEAU, *contrarié*

Ah, non, moi je n'accepte pas les oboles. Quand on donne à Rousseau on investit en lui. C'est une affaire, pas une aumône.

GARDE, *exaspéré*

Voyez c'que je veux dire !

Jérémie hausse les épaules. Le gardien en fait de même et quitte les lieux.

ROUSSEAU, *à la caméra*

Un don s'élève toujours à son niveau. Le bienfaiteur ne perd jamais.

Intérieur. Tribunal.

JÉRÉMIE

Je me souviens avoir haussé les épaules. Ma curiosité fut éveillée et je me sentis plein d'inquiétude pour l'étrange badinerie que cette rencontre avait suscitée.

Extérieur. Parc.

JÉRÉMIE

Qui êtes-vous ?

ROUSSEAU

Un apprenti. Un voyageur. Comme vous, un chasseur de rêves.

JÉRÉMIE

Vous « voyagez » depuis quand ?

ROUSSEAU

Depuis … toujours.

JÉRÉMIE

Et quand prend-il fin votre voyage ?

ROUSSEAU

Quand je débarque.

JÉRÉMIE

Quand vous débarquez où ?

ROUSSEAU, *souriant*

Là où le voyage me conduit. On y arrive en suivant l'une de deux pistes. La première est inexplorée, incommensurable et très rarement atteinte -- l'Olympe, quoi.

JÉRÉMIE

Ah, vraiment. Et l'autre ?

ROUSSEAU

L'autre est la plus courte.

JÉRÉMIE, s'*énervant*

Celui que l'on suit pour mieux envahir les rêves des autres, je suppose.

ROOUSSEAU, *feintant le chagrin*

Oh, que vous êtes méchant.... Non, c'est plus court que ça.

JÉRÉMIE

Alors ?

ROUSSEAU

La mort. La confluence et l'apothéose de tous les rêves.

JÉRÉMIE

La mort ? Que peut-elle bien enseigner ?

ROUSSEAU

Celui qui enseigne un homme comment mourir lui apprend comment vivre. D'autres leçons nous attendent le long du chemin. Je compte les découvrir

… avec votre concours.

Intérieur. Tribunal.

JÉRÉMIE

C'était à mon tour de sonder le regard de Rousseau, de comprendre le message qu'il transmettait, de déchiffrer son langage inscrutable. Une averse soudaine mis fin à ces réflexions et nous nous trouvâmes l'un devant l'autre, ruisselant, unis par une étrange complicité que les éléments et le crépuscule coupèrent court. Je me souviens aussi m'être frotté les yeux -- tout en rêvant. **Rousseau** avait disparu comme un spectre, traînant derrière lui une bouffée de cafard et de tristes présages.

Extérieur. Á portée de vue d'un groupe de touristes américains -- peut-être en leur honneur -- le garde champêtre dégrafe sa braguette et pisse copieusement sur le gazon. Il remet son paquet dans son pantalon, ajuste sa casquette, enfourche une vieille bicyclette et s'en va.

Intérieur. Tribunal.

MAGISTRAT

Ceci dit, Mesdames et Messieurs, il est temps de suspendre cette séance et de vous accorder un quart d'heure de répit. Allez-y, délestez-vous.

JÉRÉMIE (narration hors-écran).

Le magistrat se retire dans son cabinet. L'huissier m'escorte aux toilettes où je découvre que les « *bons citoyens* » pour lesquels le tribunal a tant d'estime pètent quand ils pissent et plient leurs genoux quand ils chient, que leurs belles âmes sont reliées à des bourbiers dans lesquels mijotent des ordures putrides qu'ils « *délestent* » en poussant des grognements de carnassier, qu'ils oublient de tirer la chasse d'eau, ne se lavent pas leurs mains patriotiques, qu'ils se livrent au commérage, qu'ils ressassent les opinions diffusées par des générations d'imbéciles qui s'emmaillotent dans le drapeau ou font le signe de la croix pour mieux dissimuler leur amoralité et leur couardise -- oui, ces bons citoyens qui bafouent les rêveurs et les sans-voix afin de masquer leur provenance ordinaire et de se hisser au-dessus de leur prodigieuse médiocrité....

Intérieur. Tribunal.

JÉRÉMIE
Notre prochaine rencontre eu lieu au même endroit d'où **Rousseau** avait disparu. Il m'offrit « *la liberté* » si toutefois j'étais disposé de lui rendre la sienne.

Extérieur. Parc.

ROUSSEAU
Vous êtes mon seul espoir.

JÉRÉMIE
Vous radotez, non ?

ROUSSEAU
Ecoutez-moi. Je crois que vous saisirez l'importance de mes dires.

JÉRÉMIE
Vos histoires ne m'intéressent pas. Salut.

ROUSSEAU, *d'un ton suppliant*
Soyez gentil.

JÉRÉMIE, *écartant Rousseau d'un geste.*
Excusez-moi j'ai des courses à faire.

Jérémie s'éloigne mais Rousseau le rattrape et s'agrippe à son revers.

ROUSSEAU
Le salut vaut bien son prix. Libérez-moi de mes entraves et tout ce que je sais vous appartient.

JÉRÉMIE
Votre espèce de savoir ne m'intéresse pas. Il est néfaste.

ROUSSEAU
L'ignorance tue aussi.

JÉRÉMIE
Avec beaucoup moins de raffinement et de malveillance. Je vous ai écouté très patiemment. A votre tour de m'entendre. Je ne sais pas comment ou pourquoi vous avez envahi mes rêves. Veinard. Votre espèce est toujours en quête de gibier, de nouvelles victimes, et vous les imprégnez de votre semence amère et vous les dévorez vivants, n'est-ce pas ?

Découragé, **Rousseau** secoue sa tête et se tait.

Intérieur. Tribunal.

JÉRÉMIE

Rousseau avait abouti à une impasse mais c'est moi qui me sentais égaré, vulnérable, aux bords du délire. Sa rhétorique m'avait séduit, dérouté. Son symbolisme occulte m'avait pris au piège. Je m'y livrais comme un plongeur qui s'abandonne à l'extase des profondeurs. Je me sentais attiré non pas par la faible lueur que cet étrange petit homme diffusait mais par les ombres d'où elle semblait s'échapper. Je trouvais ses idées alléchantes et effroyables. J'étais saisi d'un mélange aigre-doux de curiosité et de méfiance. D'une part, je voulais oblitérer **Rousseau** et déguerpir de ce rêve. D'une autre, j'éprouvai le besoin de le comprendre, de déchiffrer ses insinuations cryptiques.

SPECTATEUR, *ricanant*

Et nous on éprouve le besoin de te méconnaître....

JÉRÉMIE

Je repris le chemin de mes rêves, armé de questions sans réponses. Est-ce que **Rousseau** avait perdu la raison ? Le garde en était convaincu. Moi aussi quoique j'étais persuadé que la folie avait mystérieusement aiguisé, enrichi son esprit. Je savais qu'il existe des formes mal-définies de démence si subtiles, si adroitement dissimulées qu'elles échappent même à ceux dont le métier est de reconnaître les mille visages derrière lesquels elles se cachent.

Est-il fou celui qui prétend posséder toutes ses facultés ? Est-il déséquilibré celui qui joue le fou ? Est-ce qu'un aspect « raisonnable » fait preuve de sagesse ? Prenez les clowns. Sont-ils dingues ? Après tout, leurs singeries n'ont rien d'un comportement coutumier. Est-ce que leurs diableries seraient tolérées en dehors du cirque ? *Ils font semblant,* vous dites ?

Et le soldat qui tire sur un ennemi qu'il ne connait pas, est-il sain d'esprit ou, pour diluer l'horreur, prétend-il tirer à blanc chaque fois qu'il presse la gâchette ?

Et l'aumônier qui « bénit » les engins de guerre, est-il malavisé ou une perfide crapule ?

Et les boxeurs qui gagnent leur vie en s'abimant le portrait, sont-ils désaxés ? Et que dire des fanas qui bavent à la perspective d'un knock-out meurtrier ?

Et le missionnaire qui exige que les femmes couvrent leurs seins et leurs fesses au nom du Sauveur, et qui force des rêves répugnants sur des enfants et qui prive une culture de son identité -- est-il bien équilibré ou un psychopathe dangereux corrompu par le zèle religieux ?

Et le chauffeur qui s'acharne à dépasser la vitesse limite -- est-il fada ?

Et les bons citoyens qui votent pour des mauvais candidats sous prétexte que leur scrutin leur permet de prendre part au processus démocratique -- sont-ils déséquilibrés ou des crétins qui valent les pitres et les canailles qu'ils ont élus ?

La folie humaine est sans limites. Les messies meurent pour leurs convictions -- ou tuent pour les éterniser. On ne liquide un grand nombre de gens -- physiquement ou psychiquement -- qu'au nom de la vertu.

Ce qui me frappa dès le début c'est que tout ce qui touchait à **Rousseau** était une nécrologie vivante, un obituaire rédigé en avance d'un suicide perpétuel. **Rousseau** vivait pour éliminer **Rousseau**. Pour lui, la vie était une activité posthume. La mort était une fuite vers l'oubli. Mais **Rousseau** était un terroriste qui prenait plaisir à semer la mélancolie et le malaise. Ses propos inspiraient la stupeur et l'horreur, ils enfantaient des visions de la réalité qui surpassent la réalité même.

SPECTATEUR

Et vous, qu'est-ce que vous en faites de la réalité ? Vous croyez qu'elle vous appartient ?

MAGISTRAT

Jérémie, je vous préviens, vous abusez de ma patience.

JÉRÉMIE

Ce préambule est essentiel. Accordez-moi quelques secondes de plus.

Je ne quittai pas ma chambre pendant trois jours et trois nuits blanches. L'Antre du Roi, les légendes, les mystères, tout ce que je m'apprêtais à explorer dût attendre. Je ne cessais de penser à **Rousseau**. J'aurai dû pouvoir chasser de mes rêves ce détraqué qui suce la moelle de ceux qui lui montrent la moindre sympathie, ce vicieux qui aime avilir les jobards, les égarés, les faibles. Mais j'avais peur de le faire sans douter de ma propre raison, sans contester mes propres convictions. J'étais saisi d'une horrible pensée : Était-il *moi* dans une région lointaine du temps ? Étais-je *lui* dans un rêve parallèle ?

MAGISTRAT, *amusé*

Alors ? Était-il ? Étiez-vous ?

JÉRÉMIE

Je ne saurais vous le dire. La colère, l'ensorcellement, l'inquiétude, le désarroi -- tout s'acharna contre moi. J'étais plein de rancune contre **Rousseau**. Son entêtement, sa véhémence m'irritaient mais les images et les sensations que ses incantations évoquaient -- monstres et chérubins, hérésie et rédemption -- m'envoutaient. Il m'avait hissé sur l'Arbre de la Vie et m'avait abandonné, accroché à ses branches les plus hautes. Seule la crainte de tomber m'empêcha de savourer le spectacle.

Perché entre ciel et terre, entre l'ordre et le chaos, conscient de leur parenté dans l'univers des rêves, je ne savais plus si je grimpais vers Walhalla ou dévalais vers les profondeurs les plus noires du Styx, et je me demandais si mon désarroi ne fût que la conséquence irrémédiable d'un rêve mal géré.

A neuf heures dans la soirée du 16 Septembre, au bout d'un rêve que j'essayerai de reconstruire plus tard, quelqu'un frappa à ma porte.

« Entrez, » je dis, croyant que la bonne m'apportait des serviettes et le journal du soir. La porte grinça et s'entrouvrit lentement. C'était **Rousseau** -- sobre, rasé de près, portant un costume de provenance douteuse. Un bouton de rose rouge ornait le revers de sa veste. Il tenait deux bouteilles de vin dans chaque main et un échiquier sous le bras.

Intérieur. Chambre d'hôtel.

ROUSSEAU, *d'un ton servile*
Je vous dérange?

JÉRÉMIE, *contrarié*
Que voulez-vous?

ROUSSEAU, *brandissant les bouteilles*
Célébrer le passage du temps, transformer le vin de l'amertume et de la rancune en l'élixir de l'amitié. Et, avec votre consentement, de vous battre aux échecs.

JÉRÉMIE
Je ne bois pas et je suis un piètre joueur d'échecs. Comment m'avez-vous trouvé?

ROUSSEAU
Mon cher ami, quand on rêve tout est possible.

JÉRÉMIE
Et ma chambre, vous y êtes parvenu comment?

ROUSSAU
J'ai pris l'escalier.

JÉRÉMIE, *s'emportant*
Nom d'un chien, faites pas l'idiot. Ce n'est pas ce que je vous demande, et vous le savez. Comment avez-vous réussi à passer inaperçu? La concierge est chargée de protéger mon isolement.

ROUSSEAU

Madame Muche? Oh, elle soupe à cette heure. Et puis vous savez, c'est tard dans la saison et vous êtes le seul rêveur enregistré dans cet établissement.

JÉRÉMIE

Je ne le savais pas et je m'en fous.

ROUSSEAU, *se raclant la gorge*

Enfin, nous y voilà. Vous n'allez quand même pas laisser ce vieux pochard gober quatre litres de Médoc tout seul?

Intérieur. Tribunal.

JÉRÉMIE

Rousseau avait l'air encore plus pitoyable dans son costume usé qu'il ne l'avait quelques jours auparavant quand je l'ai découvert, crasseux, ébouriffé, en haillons et saoul. Il s'était donné la peine de se rendre un air respectable. Mais l'effort ne faisait qu'accentuer l'artifice. Il aurait eu la même mine en cravate blanche et frac au volant d'une Ferrari. J'avais pitié de lui -- malgré mon écœurement.

Intérieur. Hôtel.

JÉRÉMIE, *avec réticence*

O.K., entrez.

ROUSSEAU

Merci.

Rousseau franchit le seuil. **Jérémie** lui fait signe de s'assoir. **Rousseau** débouche une bouteille, prend une grosse lampée et essuie ses lèvres sur sa manche. Il étale l'échiquier et retire des pions -- blancs d'une poche, noirs de l'autre.

ROUSSEAU, *se frottant les mains*
Vous êtes en guerre. Le champ de bataille s'étend sur soixante-quatre provinces, huit de chaque côté. Deux armées s'apprêtent à lutter jusqu'au dernier homme. Le terrain est difficile, jonché de pièges. Votre royaume est en jeu -- ainsi que vos facultés car ce sont elles qui dirigent le jeu. Battez-moi et vous triomphez.

JÉRÉMIE
Et si je perds? Je n'ai jamais gagné une seule partie d'échecs -- ni aucune autre épreuve, même dans un rêve.

ROUSSEAU
Si vous perdez, vous êtes toujours gagnant. Une victoire est souvent creuse mais une défaite n'est jamais en vain.

JÉRÉMIE
Et si je gagne malgré moi, si je vous bats dès la première partie?

ROUSSEAU, *souriant*
Dans ce cas, prenez garde qu'une victoire précoce ne mène à la défaite.

Intérieur. Tribunal

JÉRÉMIE

Rousseau gagna la première partie en moins d'une heure. Ce n'est pas parce que je jouais bien. Je jouais lentement afin de prolonger un conflit silencieux, afin de l'empêcher de papoter, d'embrumer mon rêve.

Il ne fallut que quelques minutes pour perdre trois autres parties. C'était le vin, du velours sur ma langue, qui m'envouta, qui m'affaiblit.

Rousseau avait expédié presque deux bouteilles, sans pour cela s'enivrer. Moi, j'étais gris, ce qui me rend sot. L'ivresse me rend stupide. La griserie est préférable, alors j'ai débouché la quatrième bouteille et en pris quelques gorgées.

« Une dernière partie, » j'insistais, enhardi par la défaite.

Intérieur. Hôtel.

ROUSSEAU

Je crois que ça vous suffit.

JÉRÉMIE

Mais vous m'aviez promis la victoire.

ROUSSEAU

Un gagnant ne perd qu'une fois. Une défaite, c'est encore noble. Perdre deux fois est hardi mais pardonnable. Perdre plus que trois fois de suite, comme vous venez de le faire, est irréfléchi.

JÉRÉMIE

Je gagnerai cette fois-ci. Cette fois-ci je *veux* gagner.

ROUSSEAU, *avec mépris*

Il ne suffit pas de vouloir. Mais je suis bon enfant.
Si vous perdez cette dernière bataille, vous perdez
pour de bon. Ou alors capitulez maintenant et ra-
chetez votre sort.

JÉREMIE, *prenant une lampée*

Et si je gagne?

ROUSSEAU

Vous ne savez pas comment gagner. Vous ne vous
le permettrez pas.

JÉRÉMIE, *ivre*

Vous vous trompez. Vous allez voir.

ROUSSEAU

Si vous perdez *cette fois-ci* -- et croyez-moi vous allez perdre -- vous devrez sacrifier quelque chose.

JÉRÉMIE

C'est à dire?

ROUSSEAU

Ma vie.

JÉRÉMIE

Quoi?

ROUSSEAU

Vous devez me tuer.

JÉRÉMIE

Vous êtes cinglé.... Allez, jouez.

ROUSSEAU

Une affaire, c'est une affaire. Vous avez risqué vos rêves et moi j'ai investi en vous. Nous en récolterons tous deux les dividendes.

JÉRÉMIE

Vous plaisantez.

ROUSSEAU, *raillant*

Je ne plaisante jamais. Je suis sérieux comme la mort.

Intérieur. Tribunal.

JÉRÉMIE

Rousseau se marre. So humour noir l'égaye. Mais ses yeux sont vitreux, ternes, impénétrables comme ils l'étaient quand le rêve commença.

Intérieur. Hôtel.

ROUSSEAU

Mon voyage s'achève. Un rêve de plus fera tout déborder inutilement. Rendez-moi la liberté.

JÉRÉMIE

Si vous insistez à mourir, pourquoi n'avalez-vous pas une vingtaine de somnifères. Pourquoi ne vous foutez-vous pas une balle dans la tête?

ROUSSEAU

Vous n'y comprenez rien. Accordez-moi un dernier geste de générosité pour effacer une vie marquée par l'indifférence, la méchanceté, la ....

JÉREMIE

Tuez-vous si ça vous plait mais ne m'entraînez pas dans vos histoires saugrenues.

ROUSSEAU

Quoi, et renoncer à la terreur ou le ravissement ou l'apathie glaciale sur le visage de mon bourreau? Me dérober à la férocité brulante ou le sang-froid, le dédain, peut-être même le regard de désespoir et de honte dans les yeux de mon sauveur?

JÉRÉMIE

Adressez-vous à quelqu'un d'autre Je ne suis ni bourreau ni sauveur.

ROUSSEAU

Mais si, soyez honnête, faites votre examen de conscience.

Intérieur. Tribunal.

MAGISTRAT

Bonté divine! Mais qu'est-ce-que vous nous racontez là?

Les spectateurs s'impatientent et se regardent, ahuris.

Intérieur. Hôtel.

ROUSSEAU

Je dois mourir.

Rousseau libère une tour dans un assaut de front classique.

ROUSSEAU

Je dois en goûter l'horreur. Je veux voir la mort venir, sentir son étreinte, son haleine contre ma bouche pendant qu'elle noie la raison et éteint la conscience. M'entendez-vous?

Jérémie hoche de la tête distraitement, sacrifiant un fou et sa reine en quelques secondes de jeu.

ROUSSEAU

M'entendez-vous?

JÉRÉMIE

Arrêtez, nom d'un chien. Vous ne pouvez pas m'obliger de ….

ROUSSEAU

Vous n'y pouvez rien, je vous dis. C'est écrit dans votre rêve.

Intérieur. Tribunal.

JÉRÉMIE

Je *n'ai pas le choix. C'est écrit dans mon rêve,* je m'entends marmonner. La mission que **Rousseau** me confie n'est pas négociable. Dans l'abstrait je comprends son désir de mourir violemment. C'est une fantaisie, aussi brève qu'elle soit -- et presque toujours refoulée -- qui se glisse furtivement dans nos pensées quand la rage ou le chagrin éveille en soi l'envie de se supprimer. D'autre part, si je m'incline, je dois me soustraire de tout reproche. **Rousseau** désire mourir dans un tourbillon apocalyptique mais sûrement sans douleur, je raisonne, comme si je me préparais à ma propre exécution. Je crois perdre la raison. Comme un mauvais joueur, je convoite la défaite. Secrètement, je veux rendre service à **Rousseau** et en même temps l'abattre, le chasser de mes rêves. Alors je perds une autre partie. La colère inonde mes veines, brulant mon corps d'une fièvre impie, d'une furie née du désarroi et d'une rage qui dissimule d'autres émotions -- le spleen et la rancune et la peur. Une tristesse écrasante me broie, éveillant la sauvage envie d'enfoncer mon poing dans ma gorge, de me déchirer le long du parcours, de broyer mon cœur, de le faire éclater. **Rousseau** me regarde. Une lueur cruelle anime ses yeux. Non, ce n'est pas la cruauté. C'est autre chose, un mélange inexplicable d'amour et d'ironie.

Intérieur. Hôtel.

JÉREMIE

Non! Non! Arrêtez! Ce cauchemar doit prendre fin.

ROUSSEAU, *obsédé*

Vous n'y pouvez rien.

JÉRÉMIE

Vous êtes fou! Quittez ce rêve maudit. Vous êtes fou je vous dis!

Jérémie frappe de ses poings la poitrine de **Rousseau** et le prend par la gorge. Des larmes inondent ses yeux. Il sanglote.

ROUSSEAU, *hurlant*

"Tout le monde est fou. Seuls les courageux s'y adonnent." C'est bien ce que vous avez dit, c'est bien ce que vous avez dit, c'est bien ce que vous avez dit ....

Intérieur. Tribunal.

JÉRÉMIE

Rousseau me regarde dans les yeux et ses yeux sont clairs et purs comme ceux d'un enfant ébloui par un arc-en-ciel. Je serre un peu plus fort. Il ferme les yeux. Quand il les rouvre je vois en eux ma propre image.

Intérieur. Hôtel.

ROUSSEAU, *les yeux fixés vers le ciel*

« Tu es mon berger. Tu portes la brebis sur ton épaule. La nuit tombe. Viens, mon âme est triste jusqu'à la mort. Il faut que je meure. Il faut que des mains d'homme me donnent le coup de grâce. Qui profondément me blesse, profondément m'aime. Des profondeurs je vous appelle. Aimez-moi à jamais.... »

Pleurant, **Jérémie** embrasse **Rousseau** sur la bouche et le pousse d'un bout à l'autre de la chambre.

JÉRÉMIE

Que Dieu m'aide.

ROUSSEAU, *en extase*
Aides-toi, Judas mon frère. Dieu est sourd.

Poussé par **Jérémie**, **Rousseau** défonce la fenêtre, culbute et s'écrase au sol.

Intérieur. Tribunal.

HUISSIER, aux spectateurs
Levez-vous.

Froufroutement de corps s'efforçant à se lever.

MAGISTRAT
Asseyez-vous.

Froufroutement de corps s'efforçant à s'assoir.

MAGISTRAT, *à Jérémie*
Que vous êtes laid, que vous êtes vilain.

JÉRÉMIE
Pourquoi, parce que je dis la vérité?

MAGISTRAT
Non, parce que votre ton est sinistre et vous semblez prendre plaisir à nous éclabousser avec vos ignobles ordures.

JÉRÉMIE
Vous confondez la persévérance avec le plaisir. La vérité pique. L'auriez-vous trouvée plus supportable si je vous avais *éclaboussé* avec moins d'élan, si je lui avais ôtée ses épines, si je l'avais désinfectée et emmaillotée d'un pansement stérile?

MAGISTRAT

Elle aurait été plus supportable à ceux qui la dégustent pour la première fois.

JÉRÉMIE

Alors vous admettez que je dis la vérité?

MAGISTRAT

Je n'admets rien. Je faisais allusion à *votre* variante de la vérité.

JÉRÉMIE

En somme, ce que vous proposez c'est que la vérité, dûment stérilisée, est moins évidente, moins néfaste à ceux qui sont aveuglés par leurs préjugés et susceptibilités ? Ce que vous voulez vraiment dire c'est que le Nouvel Ordre a été promulgué afin de dorloter ceux qui adoptent ses doctrines, ceux qui se vautrent dans des absurdités parce qu'ils sont incapables de raisonnement indépendant.

Non, Monsieur le Magistrat, la vérité est une pilule amère qu'il faut avaler d'un coup. Elle doit irriter le gosier, bruler les entrailles, cautériser l'âme avant qu'elle puisse guérir les ravages de la crédulité. Elle devient sublime dès qu'on la comprend.

MAGISTRAT

Alors vous avez décidé tout seul et avec une insouciance grossière envers le rêve majoritaire de répandre l'ombre noire et froide de votre apostasie? Vous en avez du culot.

JÉRÉMIE

La vérité se révèle à ceux qui s'efforcent de la découvrir. Elle se dissimule devant ceux qui la craignent. Un peu de culot permettraient aux naïfs et aux ignares de démasquer les marchands de chimères. Votre Nouvel Ordre sépare et désunit les hommes. Adorez-le dans vos chapelles où les rêves ne coûtent que le prix de la soumission, de la croyance aveugle. Je n'en veux pas, ni dans ma chambre à coucher, ni dans l'Assemblée Nationale, ni dans la Cour Suprême. Il appartient encore moins dans la psyché collective de notre société.

MAGISTRAT

Les faux-rêveurs attisent les remous populaires pour mieux faire croire qu'ils sont les défenseurs de la vertu.

JÉRÉMIE

C'est ça. Et les démagogues garantissent l'ordre social si l'on renonce à certains droits et on leur jure fidélité absolue.

Les spectateurs s'agitent. Les femmes gazouillent et les hommes sont démontés.

MAGISTRAT

Ignares, vous dites? Non. Sûr de leurs croyances ? Oui. Fidèles et passionnés ? Bien sûr. Résolus et courageux ? Absolument. N'ont-ils pas le droit souverain de sauvegarder leurs convictions, de défendre le Nouvel Ordre et de lever l'étendard? Ne sont-ils pas....

JÉRÉMIE

Le Nouvel Ordre et l'étendard? Quel misérable duo. Vous oubliez les Croisades, la "Sainte" Inquisition, la Guerre de Trente Ans, le Massacre de la Saint- Barthélémy, les affrontements sectaires en Irlande, au Cachemire, en Bosnie, en Irak, au Soudan....

MAGISTRAT, *d'un geste méprisant*

... Ne sont-ils les braves soldats qui s'acheminent vers un destin commun, les fidèles serviteurs de notre Rêve bien-aimé qui luttent contre le vice et la perversité et le mal ?

Vous alléguez que toute vérité qui doit son existence à la foi est un mensonge. Je réponds que seul le Nouvel Ordre mène à la vérité. Vous insistez qu'il est l'opium du peuple, qu'il enivre la foule, qu'il réduit les âmes fragiles à l'esclavage et les transforme en robots. Et j'affirme que le doute et la libre pensée sont des distractions inutiles et la source de toute hérésie, de toute misère humaine.

JÉRÉMIE

Privés de la libre pensée, les hommes sont obligés de se contenter de leur ignorance.

A bout de souffle, rouge de colère, le magistrat secoue une liasse de papiers -- le cahier de rêves de **Jérémie** -- confisqué par la Police du Rêve et introduit en évidence contre lui.

MAGISTRAT, *hurlant*

Vous êtes un hérétique, un trouble-fête et un revendeur de chagrin. Tout est là. Le venin. L'ordure. Le sacrilège. Le blasphème. Vous prétendez que le Nouvel Ordre soumet les gens à un désespoir sans limites. Et je réplique que ses adhérents se recueillent dans un temple qui les rapproche du rêve absolu, le rêve qui n'est pas tissé de mains humaines. Regardez les spectateurs, bon sang! Ne sont-ils pas superbes? Auriez-vous le cœur d'empêcher ces âmes nobles de rêver le Rêve qui nous mène vers le Grand Architecte de l'Univers et le salut?

JÉRÉMIE, *avec amertume*

Les idéologues se foutent de la vérité. J'avais toujours cru qu'un sermon met en garde les pêcheurs contre les dangers de l'immodération, de la paresse, de la gourmandise, de l'envie et de la colère, qu'un homélie condamne le larcin des rois, le libertinage du clergé, la débauche et décadence de l'aristocratie, la bêtise et vulgarité du peuple. Il est étonnant, Monsieur le Magistrat, de voir les travaux d'un tribunal transformés en discours moralisateurs et accablants. La distance entre le sermon et la persécution est bien courte.

Jérémie dévisage les spectateurs, visant une phalange de Mesdames La Farge hargneuses et d'Inspecteurs Javert crispés de haine qui le criblent de regards meurtriers.

JÉRÉMIE

J'aperçois des abrutis qui craignent toute évolution, qui détestent les instruits, qui se méfient des libre penseurs, qui s'amarrent au statu quo, qui se cramponnent à leurs opinions boiteuses et en dépendent pour mieux se leurrer. C'est avec une horreur paramnésique que j'aperçois dans la ferveur de leur hypnose collective, dans la férocité de leur radicalisme, le même enthousiasme cataleptique que des millions de Cro-Magnon ont accordés au petit Shicklgruber dans les brasseries de Munich et sur les esplanades de Berlin. Je suis assez vieux pour me souvenir de la gueule et du vacarme de ce calvaire moderne. Je vois, Monsieur le Magistrat, une assemblée de conservateurs grossiers et je décèle dans leurs yeux, dans leur langage du corps le besoin compulsif de cloner l'humanité à leur image.

Une cacophonie sonore et méchante secoue la galerie. Les visages humains se transforment en multiples Mr. Hyde écumant de rage et dégainant d'énormes canines.

MAGISTRAT
Vos labeurs sont en vain. Sisyphe ne vaincra jamais la montagne. Rétractez. Il n'est jamais trop tard.

JÉRÉMIE
Tendre l'autre joue, n'est-ce-pas? La dernière fois que je l'ai fait j'ai reçu une raclée maison. Non. Je ne traite pas avec des fanatiques.

Rouge de colère, un spectateur se lève et hurle.

Et vous, vous n'êtes pas un fanatique?

JÉRÉMIE
Non. Je me défends contre une théologie fourbe et malvenue. Je me protège contre un catéchisme machiné à corrompre l'esprit, à asservir l'âme et à voler à la tire. Je résiste à un intrus qui me traque et me tourmente, un imposteur qui profite de la foi aveugle de ses victimes, un voleur de rêves sour-

nois qui se greffe sur les naïfs. A chacun son rêve. Laissez-moi rêver les miens.

MAGISTRAT

Dois-je vous rappeler que vous approuvais notre idéal il n'y pas si longtemps?

JÉRÉMIE

Approuvais ? Jamais. J'en étais indifférent, c'est tout. Quand on cherche la vérité on a le droit de changer d'avis autant de fois qu'il en est nécessaire pour la trouver. Seuls les imbéciles se cramponnent à leurs convictions -- ou à celles des autres. Oui, je répète: Toute vérité qui doit son existence aux opinions d'occasion, aux croyances aveugles, aux décrets, à l'opportunisme politique -- est un mensonge.

MAGISTRAT

C'est une honte! Vous n'avez aucun respect pour **Théo**, notre **Grand Rêveur** bien-aimé? Pour notre glorieux héritage?

JÉRÉMIE

Alors là vous me trouvez fort handicapé. La piété est une émotion étrangère et le nationalisme est une psychose toxique que j'ai appris à craindre quand j'étais encore enfant. Je redoute le concept et les formes qu'il adopte.

MAGISTRAT

En somme, ce que vous affirmez c'est que vous ne ressentez pas un brin de loyauté envers notre noble cause?

JÉRÉMIE

Pas un brin. Le chauvinisme est la vertu des mé-
chants. Je ne peux me souvenir d'un seul conflit
entrepris au nom de la libre pensée.

Le magistrat fronce les sourcils, son visage défiguré par un mélange
de colère et d'ahurissement. Il ferme les yeux pendant quelques instants et se tait.

JÉRÉMIE (narration hors-écran)

Je dois lui sembler plus laid, plus vilain que jamais.

JÉRÉMIE

Monsieur le magistrat, je suis, donc je rêve. Je rêve,
donc je doute. Plus je doute plus je suis. L'aveugle,
le sourd, le muet -- tous conspirent contre la vérité
car ils vous forceraient de la trouver à travers *leurs*
yeux, *leurs* oreilles, *leurs* langues tordues et im-
puissantes.

Les spectateurs se tortillent dans leurs sièges.

JÉRÉMIE, *se tournant vers les spectateurs*

Quant à la réalité, Mesdames et Messieurs, c'est à
vous de la dépister. J'ai fait de mon mieux. Ce tribunal existe non pas pour couvrir les hurlements
mais pour d'étouffer les murmures, asphyxier la
pensée. Ici la réalité est une ligne solide et ininter-
rompue, et personne ne prend la peine de découvrir les points divers qui la relient. Car ici, sous ces
lumières artificielles, ici c'est la fin du tracé.

MAGISTRAT, *ricanant*

Et, avec votre concours, le dénouement de l'affaire **Jérémie**.

Le **Magistrat** frappe son marteau et suspend la séance. Les spectateurs bondissent de leurs sièges et se ruent vers les toilettes. Le son de leurs pas entraîne **Jérémie** vers une des régions de l'esprit où les rêves éclosent.

Intérieur. Hospice Pour La Réhabilitation du Rêve. Allongé, Jérémie remue lentement dans son lit d'hôpital et ouvre les yeux.

JÉREMIE (narration hors-écran)
Je me réveille, un goût de sang dans la bouche, ma langue sauvagement mordue au cours d'un rêve fuyard, un délire exquis dont l'intensité et le contenu dépassent de loin toutes mes autres escapades, et qui, cette fois-ci, me vois enfermé dans un asile de fous. L'hospice est une institution à sens unique. On y entre. On en sort très rarement. La folie, réelle ou improvisée, acquise ou infligée, est un syndrome passe-partout. Entre les murs de cette prison, le meilleur des mondes tourne autour de son orbite excentrique.

Intérieur. Le réfectoire de l'asile. Deux œufs pochés dévisagent **Jérémie** comme les yeux d'un poisson mort. Il frotte ses yeux et **Théo**, le **Grand Rêveur Omnipotent** apparait en stéréo dans les jaunes d'œuf. **Théo** fait signe à **Jérémie** de s'approcher. Il sourit un sourire synthétique.

THÉO
Tiens, tiens. L'illustre **Jérémie**. Il parait que vous vous êtes amusé à voltiger, « *par ci, par-là,* » selon votre langage. Mais il vous a fallu atterrir, n'est-ce-

pas? Seulement, voilà ce dernier poste à essence n'était pas au programme, hein? Vous avez dû quand même vous poser sur le plancher des vaches. On appelle ça un atterrissage forcé.... C'était sûrement un rêve noir qui a encrassé le vieux tacot.... Ou alors c'est votre système de navigation inertiel qui est, comment dirais-je ... inerte. Pensez-y, vous auriez pu être à la maison ou peut-être même à l'église au confessionnal....

JÉRÉMIE, *fixant les œufs de son regard*
On devrait pouvoir se confesser en avance. Histoire de s'octroyer une semaine entière d'absolution -- ou de remettre le pêché pour le lendemain. C'est fou combien la confession crée un sentiment de fausse sérénité auquel on peut se cramponner avant de retourner, comme il le faut, au monde dépravé dans lequel nous vivons.

THÉO
Oui, mais voilà, **Jérémie** a la bougeotte. Il ne sait ni se taire ni se racheter. Le rêve populaire ne lui convient pas. Il poursuit ses chimères et trahit l'éthique majoritaire.

JÉRÉMIE
L'éthique majoritaire trahit le rêveur. Qu'est-ce qui est pire -- de démêler les faits de la fiction et exposer le mensonge, ou de le protéger contre un examen rigoureux pour sauvegarder le bien-être commun?

THÉO
Votre internement ne semble pas avoir guéri vos

rêves vagabonds.

JÉREMIE
La réclusion guérit très peu, moins encore le vaga-bondage -- ou le besoin de dégonfler les mythes que vous colportez de rêve en rêve.

THÉO
Nous sommes en pleine crise. Nous avons le droit, le devoir de....

JÉRÉMIE
La crise, c'est vous qui l'avez créée. Vous avez transformé ces soit disant "droit" et "devoir" en une licence de suffoquer la libre pensée. La fausse-té de votre Rêve Universel mènera à la catas-trophe. Vos stratagèmes produiront d'autres cau-chemars.

Jérémie pique les œufs avec sa fourchette et entame son petit déjeu-ner. Le jaune se répand sur l'assiette et **Théo** se désagrège et inonde les saucisses et les frites.

Intérieur. Tribunal.

MAGISTRAT, *à Jérémie*
Ce tribunal vous déclare coupable. Vous êtes ac-cusé de malveillance, fabrication et propagation de rêves séditieux, manque d'égard envers les aver-tissements et remontrances des autorités compé-tentes, envers le Code Uniforme du Rêve et les six-cent-soixante-six commandements établis par le Nouvel Ordre. Vous êtes aussi accusé de grossiè-reté contre **Théo** durant votre séjour dans notre centre de réhabilitation.

Etant donné la sévérité de votre crime, l'envergure de votre apostasie et le grand risque de récidivisme, vous êtes condamné au silence. Destinée à faire taire les contentieux, cette procédure radicale et irrévocable aura lieu demain à l'aube. Que **Théo** prenne pitié de votre âme. Vous avez droit à la parole.

SPECTATEUR, *jubilant*

Pas pour longtemps....

JÉRÉMIE

La tyrannie la plus cruelle est celle commise sous l'égide de la loi et au nom de la justice. Condamné au silence? Mais vous n'y comprenez rien. Le silence hurle. Le silence c'est le témoignage de ce qu'on ne peut se permettre de révéler Quand on n'entend que le mutisme poltron de la censure c'est un recouvrement de la vérité, pas une punition. Le silence émet une odeur de pourriture.

MAGISTRAT

Et le bavardage émet sa propre puanteur. Vous aggravez votre cas, c'est tout.

JÉRÉMIE

Faites comme il vous semble bon, mais je penserai, je parlerai et je rêverai jusqu'à ce que je quitte ce monde comme j'y suis rentré -- l'un méconnaissant l'autre, une indifférence mutuelle gravée sur nos fronts, moi, l'inguérissable iconoclaste, l'agent provocateur qui agite le sommeil des naïfs, des ignorants et des faux apôtres ; le monde résolu à m'évincer.

Tôt ou tard, des camarades lèveront le poing en signe de victoire. D'autres se souviendront de moi -- sauvage et intransigeant. Je connais la haine qui les brûle. En fin de compte, je n'aurai réussi qu'à moissonner une récolte de chagrin. Mais prenez garde: les rêves sont comme la matière : ils sont indestructibles. Une fois enfantés ils vivent dans la mémoire collective de ceux qu'ils touchent, inspirent, ameutent. Il y aura toujours quelqu'un dans les coulisses prêt à donner des ailes aux rêves. Les rêves pullulent et se métamorphosent avec élan -- les rêves contagieux, les rêves hors-la-loi et les rêves convenablement désinfectés.

Intérieur. Studio de télévision

PRÉSENTATEUR

Les services de renseignement seront les bénéficiaires principaux d'une forte augmentation de fonds publics, selon un compte-rendu de presse issu par le Bureau du Recensement et Gestion du Rêve. Le Bureau ajoute que les centres de technologie anti-rêve recevront 10 milliards de dollars d'ici la fin de la décennie.

Deux programmes de recherches soutiendront la force de frappe du Nouvel Ordre. Le premier, le Réseau d'Interférence Spatiale (RIS) mettra en orbite synchrone des satellites chargés de reconnaître et détruire tout rêve jugé nocif. Le second, le Centre pour la Neutralisation Radicale des Schismes (CNRS) a pour but de réhabiliter les rêveurs insoumis.

RIS et CNRS viennent d'accepter les com-

mandes d'acheteurs étrangers qui désirent acqué-
rir leurs technologies.

Intérieur. Tribunal.

MAGISTRAT

Jérémie, il est temps. Êtes-vous prêt? Vous êtes-
vous réconcilié avec votre Créateur?

JÉRÉMIE

Je ne me suis jamais disputé avec mon créateur.
J'en veux à ses prétendus émissaires et les millions
qu'ils ont robotisés au nom d'une éthique passe-
partout. Je ne crains aucune abstraction, aussi absurde qu'elle soit. Je crains la vanité. Je crains le
crédo qui justifie l'immolation des martyrs sur
l'autel des charlatans.

MAGISTRAT

Des mots pleins d'audace pour quelqu'un consa-
cré au silence.

JÉRÉMIE

Les mots ont la sale habitude de survivre dans la
mémoire collective.

MAGISTRAT

Croyez-moi, vos paroles seront vite oubliées.

JÉRÉMIE

Les sourds ne se soucient que des vérités qui leur
conviennent. Ils n'entendent que la voix feutrée du
mensonge dans lequel ils se vautrent. Ils
n'écoutent que le son de leur fanatisme. Seule leur
haine les inspire. Quant à moi, si je me suis dé-

tourné du droit chemin pendant un court instant, c'est pour avoir mal interprété les évènements, ignoré les indices les plus flagrants, mal vu ce qui crève les yeux. C'est un risque professionnel dans mon métier. Heureusement, et contrairement aux médecins, grand prêtres et généraux, nous n'enterrons pas nos pertes.

MAGISTRAT
Bah, les rêveurs ne savent pas tout.

JÉRÉMIE
Vous avez raison. Mais nous cherchons, nous fouillons. Nous voulons tout connaître, même l'inconnaissable. Vous vous êtes emmaillotés dans l'ignorance, vous avez barricadé la porte contre la lumière par peur qu'elle vous éblouisse.

MAGISTRAT, à *Jérémie, faisant signe*
à un machiniste dans les coulisses.
Dépêchez-vous, c'est votre dernier acte. Préparez-vous à quitter scène. Tenez, regardez le rideau.

JÉRÉMIE
Ce n'est qu'un entracte. La vie est le rêve d'un sommeil futur. La vie est le clignotement d'un œil qui se dévisage.

MAGISTRAT
Mon pauvre homme. Vous êtes en proie au délire. Nous ne prolongerons pas votre agonie. Il est de coutume d'accorder aux insoumis une ultime requête. Á vous de choisir: Un repas cordon bleu de votre confection; une nuit de visite conjugale; ou

un dernier rêve.

JÉRÉMIE

Donnez-moi le rêve. On y trouve toujours des belles femmes et c'est bourré de bons restaurants.

MAGISTRAT, *magnanime.*

Votre décision ne nous étonne guère.

JÉRÉMIE

J'ai toujours aimé rendre service....

Le rideau tombe et les ténèbres engloutissent le tribunal.

ACTE IV

LE DERNIER RÊVE

Intérieur. L'appartement gravement endommagé de **Jérémie**. Les murs sont lézardés, percés de trous béants. Un amoncellement de tessons de verre jonche au sol. Les draperies déchirées palpitent, secoués par le vent. Desséchées, recroquevillées, des plantes décoratives se sont effondrées sur le parquet. Gros plan de **Jérémie**, son bureau recouvert de débris, la plume à la main, son cahier de rêves entr'ouvert devant lui. Son visage est enduit d'une poussière grise et criblé de lésions purulentes. Ses yeux sont rouges, ses lèvres sont gercées.

JÉRÉMIE
Il y a un an, Jeudi dernier, je m'étais endormi dans la baignoire. J'avais passé une mauvaise semaine. De nouveau, nous étions en guerre. Le pronostic était peu rassurant. La guerre est un commerce lucratif, surtout pour les industries qui en profitent. Mais elle est plus souvent la séquelle d'un mécompte que d'une visée bien réfléchie. Personne ne voulait vraiment la faire, tu vois, et personne n'était vraiment en mesure de la gagner. Un nombre « d'éclairés » avaient affirmé que le pouvoir réciproque de s'entretuer rend la raison aux adversaires. Ils baptisèrent cette théorie la Des-

truction Mutuelle Assurée.

Un autre groupe de sages comparèrent la haine à une énergie qu'il est impossible de réprimer indéfiniment et que l'on doit, de temps en temps éventer. Purgatif ou reflexe, la guerre permet de larguer l'insupportable fardeau qu'exigent la civilité et les grandes lumières dans un monde cycliquement assujetti à la violence et à l'obscurité. L'homme -- le "singe nu" -- est incapable de dissimuler ses instincts homicides. Il réclame un exutoire pour sa méchanceté. Les rêves ne lui suffisent pas.

Personne ne protesta très fort. Aucune voix ne s'éleva contre les démagogues qui prêchent la guerre. Personne n'osa envoyer au diable les politiciens qui l'applaudissent, les commanditaires qui la financent, les économistes qui la justifient, les entreprises qui en profitent, et le généraux qui la dirigent pendant que nous, pauvres cons que nous sommes, sont traînés vers le front afin de mourir, d'être mutilé ou rendu fou au nom d'un rêve aussi faux qu'il est inconcevable.

Même les dissidents, les doctrinaires et les niais se taisaient, leur intellect anesthésié, leurs cordes vocales émoussées par la peur, leurs convictions ébranlées. On avait l'impression qu'un ennui pernicieux, une apathie contrariante avaient remplacé la raison et les scrupules.

Intermittente au début, la famine se répandit comme une trainée de poudre. La mortalité infantile monta en flèche. Il y eu d'autres victimes. Le peu de nourriture qui permit le cœur de battre s'avéra insuffisante pour alimenter le cerveau. Plus de deux milliards de gens souffrirent de déficiences mentales irréversibles. Les asiles d'aliénés débordaient. Il aurait fallu en construire d'autres pour contenir une marée indomptable de démence, mais nul ne le fit et le débordement se répandit dans les rues de toutes les villes du monde, accompagné par des hordes de sans-abri, de malades et de mourants.

Après cinquante-cinq ans d'escarmouches, personne ne se rappelait au juste le prétexte de cette conflagration globale. L'enfièvrement des opposants s'était quelque peu affaibli mais l'approvisionnement de leurs armées coutait maintenant dix fois plus.

Les choses n'allaient pas mieux chez nous. Les hommes âgés de dix-sept à cinquante-neuf ans portaient l'uniforme, s'entraînant pour le front ou patrouillaient les rues. Tout le monde était armé. Dans les grandes villes, les riches et les pauvres s'éventraient. Les pillages, les agressions augmentèrent durant le long été, et des milliers furent sacrifiés par les comités de vigilances, les mercenaires et les bandits. La justice était aveugle à l'injustice. Les activistes anti-guerre se heurtaient aux conservateurs qui se cramponnaient au drapeau mais étaient trop vieux pour être conscrits -- une dispense qui aiguise le patriotisme et élève les décibels du chauvinisme et de la bigoterie à des niveaux assourdissants.

Les denrées de base -- le pain, le lait, les œufs, le beurre -- se faisaient rares. La viande, quand on la trouvait au marché noir et à des prix exorbitants, était souvent avariée. Mais la faim se moque de la raison et tout le monde prenait des risques. Et quoique la faim anéanti les pauvres, c'était l'empoisonnement alimentaire qui emportait ceux qui pouvaient encore se permettre de manger. Comme les fourmis, nous passâmes l'automne à nous approvisionner et à serrer la ceinture. Dans le meilleur des cas, un hiver calamiteux se profilait devant nous.

Aux bureaux de L'Uranus Presse Internationale qui m'avait recruté comme rêveur-adjoint, les dépêches et les services d'information avaient retenu un personnel réduit à leurs postes nuit et jour. J'avais fait des heures supplémentaires pendant plus de quatre mois. S'il n'était plus possible de manipuler les rêves, le rêveur-en-chef avait décrété, nous devions les traire jusqu'à la dernière goutte. Tout est franc-jeu quand il s'agit de vendre des rêves. Tout.

J'étais éreinté. Je savais trop. Seul un bain chaud pouvait soulager la tension, rincer les pensées toxiques qui m'accablaient.

Intérieur. Salle de bain. **Jérémie** se prélasse dans son bain, l'eau jusqu'au menton. Une épaisse buée s'élève de la baignoire. Gros plan.

JÉRÉMIE,

Je me souviens avoir fermé les yeux, mon cerveau asséché de toute pensée, prêt à m'endormir. Je ne saurais te dire ma stupéfaction, mon inquiétude en découvrant -- assis sur le W.C., son pantalon et caleçon autour de ses chevilles -- **Van Aken**, l'illustre peintre et critique social. Il feuilletait une bande dessinée et moi je conduisais une interview pour l'édition de minuit avec un artiste en train de faire *caca* dans mon cabinet. Je t'invite à en interpréter le symbolisme.

Van Aken porte un habit du 15ème siècle. A cheval sur le siège, il parcourt un album des Pieds Nickelés.

JÉRÉMIE, *gros plan, s'adressant à la caméra*
Prisée ou non, l'œuvre de **Van Aken** est difficile à décrire. Son symbolisme est plus difficile encore à déchiffrer. L'alchimie et les sciences occultes illuminent ses toiles. Leur symétrie est souvent interrompue par des créatures macabres qui défèquent des pièces d'or ou qui s'envolent vers des Sabbats monstrueux. De ci et de là, des goules et des anges déchus vomissent ou se recueillent en prière avec une ferveur semblable à l'extase. Homme et bête convoitent des hybrides asexués, des gnomes et d'autres créatures improbables qui tuent et meurent mille morts, embrochés par les instruments à vent sur lesquels ils sonnent leur lugubre musique. Partout, quelqu'un inflige ou se livre à des abominables supplices avec une désinvolture frôlant l'indifférence, pendant que des êtres fantastiques, mi animaux, mi fantômes, se battent pour déchiqueter leur chair ou les rendre fou. D'autres tendent leurs bras, empoignant n'importe quoi, s'agrippant à n'importe qui -- faute de mieux à eux même.
    Le pinceau de **Van Aken** communique l'effarement, la luxure, l'innocence, la pieuse méditation et la fausse piété. Il saisit tous les traits qui trahissent l'ambivalence lunatique de l'esprit humain. **Van Aken** ne peint pas la vie; il l'invente. Ses images, son univers encombré de choses et d'êtres que la nature a sagement choisie de ne pas engendrer, suscitent une exquise mélancolie. Les leçons qu'elles enseignent sont simples mais il sé-

duit l'œil et l'œil s'égare, suppliant d'être vexé tout en se laissant éblouir. **Van Aken** implore les initiés, les inspirés, les esprits créateurs de ne pas compromettre leur indépendance spirituelle et intellectuelle. Il est un de mes héros. Ah, si seulement je parvenais à communiquer dans mes rêves ce qu'il énonce dans ses triptyques.

JÉRÉMIE

Maître, on vous accuse de décadence, de morbidité, de blasphème. Moi, j'admire votre œuvre. D'autres se disent scandalisés par votre optique maladive. Ils vous ont en horreur.

Van Aken déroule quelques feuilles de papier hygiénique et se mouche avec mépris.

VAN AKEN

Mon œuvre et ma personne ont incité bien d'épithètes. Je souhaite que cette polémique continue après moi. Elle raffermit l'opinion que j'ai de ma propre personne. Vous comprenez, les miroirs c'est pour nourrir la vanité, jamais pour se voir tel qu'on est. Cela explique pourquoi les images qu'elles renvoient sont toujours inversées.

Van Aken s'efforce de se soulager. **Jérémie** regarde son visiteur à travers des rubans de buée, notant son teint -- sillonné et rêche comme celui d'un vieux loup de mer -- étudiant ses lèvres minces, la fente dans son menton et ses yeux vifs d'un bleu de Delft maintenant fixés dans le vide.

JÉRÉMIE

Le rêveur-en-chef exige que je traduise toute abstraction glanée durant notre entrevue en un langage vif et concis. Je trouve cette tâche au-delà de mes compétences. Aidez-moi.

Van Aken lance la b.d. sur le carrelage et allume un cigare.

VAN AKEN, *avec impatience*
Parlons d'autre chose.

JÉRÉMIE, *sans tenir compte de la rebuffade*
Et pourtant, l'érotisme qui imprègne vos peintures fait verser beaucoup d'encre. Pendant que les psychologues analysent et dissèquent chaque centimètre carré de vos toiles et panneaux, les critiques prétendent que le style biscornu d'un artiste reflète forcément son état d'âme. Leurs mots, pas les miens, vous comprenez et....

VAN AKEN
Les critiques sont payés pour banaliser ce qu'ils sont eux-mêmes incapables d'entreprendre. C'est leur nature. Ils prennent plaisir à façonner l'opinion publique selon *leurs* préjugés. En tout cas, le monde est physique, sensuel, érotique. Autrement il n'y aurait pas de monde. Biscornu? Selon quel standard de comparaison? Vous et moi, nous pourrions essayer de définir l'excentricité, de lui donner une norme raisonnable. Mais nous avons si peu de temps. En outre, votre bain se refroidirait. Spéculations? Inférences? On s'en moque. Le public et les critiques ont mon œuvre. Le reste m'appartient.

JÉRÉMIE
Maître, croyez-vous que l'acte sexuel est un passe-

temps superflu, irréfléchi, trivial -- comme le suggèrent plusieurs de vos tableaux?

VAN AKEN

Pas du tout. Mais soyons raisonnables. Si la concupiscence ne menait pas un bref moment d'extase, croyez-vous qu'on s'adonnerait à cette gymnastique grotesque?

Court métrage explicite d'un film pornographique.

JÉRÉMIE *(narration hors-écran)*

J'ai protesté, invoquant des arguments dignes d'élever l'amour sensuel vers une sphère moins bestiale. Mais le rêve ne le permit pas. Alors j'ai changé de sujet et lui ai posé la question qui m'avait brulé les lèvres dès l'instant que je découvris ses peintures ensorcelée.

JÉRÉMIE

Quand avez-vous découvert l'acacia?

VAN AKEN, *avec prudence,*
souriant d'un air entendu

Après être descendu de la chambre du milieu, après avoir été assassiné par trois voyous et conféré le droit de voyager en quête des Grandes Lumières. Comme vous, n'est-ce pas ?

JÉRÉMIE

Croyez-vous en Dieu ?

VAN AKEN

Au commencement il y avait l'homme. Et l'homme créa Dieu afin qu'il puisse cheminer le restant de ses jours dans le doute et pour mieux contempler l'énormité de son ignorance. Je suis encore en transit. Le voyage est long et jonché de pièges. La création d'un tel personnage, je pense, met en évidence l'envergure de notre psychose. Hélas ces pirouettes mentales ne nous permettent pas de surmonter l'inconnaissable. *"Je crois en Dieu, donc il est,"* est une formule qui renforce l'idée d'un Tout Puissant mais ne lui prête aucune substance réelle.

D'ailleurs, qui est ce Dieu que nous invoquons quand la peur nous terrasse? Pourquoi souffrons-nous ? Pourquoi sommes-nous dépourvus de toute défense contre la furie des éléments et la folie des hommes? Quelle est cette force capricieuse qui nous amoindrit pour des raisons mystérieuses?

Qui est ce créateur qui impose (ou tolère) des atrocités « *pour le bien qui s'ensuit* » ? Qui est cet *Ein Sof*, cet « infini » absolu qui inflige ou se détourne des paroxysmes qui bouleversent son royaume?

Qui est ce Grand Architecte de l'Univers qui ne se laisse pas attendrir par nos sanglots? Qui est cet être ineffable qui ne répond jamais aux prières de ceux qui croient en lui?

Qui est ce tyran qui ne montre jamais son visage, qui ne verse pas de larmes, qui ne demande jamais pardon, qui accorde la vie et, avec elle, la peur de mourir?

JÉRÉMIE

Alors, quelle est la vérité?

VAN AKEN

Il n'existe aucun théorème universel qui pourrait nous offrir toute vérité, toute harmonie, toute simplicité. Quand on se borne à regarder les choses à travers une seule fenêtre, on ne voit rien. C'est bien vous qui l'avez dit. Les hommes doivent être humanisés, *élevés*, si vous voulez, ou réduits à un état d'innocence primordiale qui les dégarnit de toute malveillance. Ah, si seulement nous pouvions abattre les murs qui nous emprisonnent, briser les chaines du radicalisme et de l'intolérance. Si seulement nous avions le courage de nous débarrasser des croyances et des superstitions qui nous trompent, nous séparent et nous salissent. Mais pourquoi me demandez-vous ça?

JÉRÉMIE, (narration hors-écran) *gros plan*
Van Aken déteste les interviews. Il n'en a jamais accordé et si ce n'était pour le rêve que je tissais ce soir-là, je doute fort qu'il m'aurait adressé la parole. Mais ma boîte avait licencié plusieurs employés, alors j'ai fait ce que le rêveur-en-chef exigeait, même si c'était dans un songe.

JÉRÉMIE

Certains de vos sujets sont monstrueux. Cela n'empêche qu'ils inspirent une étrange pitié. Je trouve ce contraste stupéfiant. Et pourtant, leur regard....

VAN AKEN

La vie est stupéfiante.

JÉRÉMIE

... Leur regard est morne, vide. Leurs victimes ont un air hébété. Ils ne semblent pas souffrir les supplices qu'on leur inflige. On dirait même qu'ils s'y adonnent. On voit....

Van Aken écarte se cuisses et examine le fond du W.C.

VAN AKEN

Les épreuves qu'ils subissent n'ont aucun effet sur l'horreur de leur existence. Ils sont abêtis, abrutis, c'est tout. Quand on souffre c'est une question de degré. Les douleurs se baladent. Elles ne s'en vont jamais très loin. Elles reviennent en fin de compte.

JÉRÉMIE

... On voit des hommes, des femmes, des enfants, des démons et d'autres créatures fantasques embrochés sur des becs d'oiseaux, sodomisés par des trompettes, des harpons, des tire-bouchons, des....

VAN AKEN

Je vous assure que ce leitmotiv se rapporte plus à la scatologie qu'à la sodomie -- bien que les deux soient souvent complémentaires. J'ai trouvé ce stratagème opportun. Après tout, l'art imite la vie. Nous avons tous été enculés -- par nos dirigeants, par le secteur privé, par les usuriers et les fonctionnaires d'état, les instructeurs militaires, la Bourse, le Fisc, les patrons, les collègues, les compagnons de voyage et même par les amis.

JÉRÉMIE

Métaphores ou expériences vécues ?

VAN AKEN

J'observe, c'est tout. Les siècles se suivent et nous nous acharnons à sermonner les simples d'esprit, à punir les hérétiques, à médailler les tueurs professionnels, à pendre les vulgaires dilettantes, à promulguer des lois insoutenables, à prêcher des éthiques irréalisables. Nous détestons les faiblesses de la chair mais nous frémissons de convoitise. Nous adhérons à des confréries qui prennent plaisir à punir le corps pour mieux lessiver l'esprit. Et quand nos seigneurs décident qu'une petite guerre est échue, nous nous laissons entraîner sur le champ de bataille. Nous réclamons victoire. Nous bénissons nos arsenaux. Nous tuons. Nous mettons à sac. Nous mourons et d'autres imbéciles nous remplacent -- la fleur de la jeunesse, l'espoir de tous nos lendemains. Voilà l'anomalie, le vice, la puante immoralité. Aurait-on préféré que je peigne des chérubins joufflus, des cupidons aux fesses roses et des mystiques radoteurs qui bavent tout en fixant les cieux de leur regard crétin?

JÉRÉMIE

La vie semble vous avoir aigri. Craignez-vous la mort?

VAN AKEN

La mort nous empêche de savourer les jeux que nous jouons afin de la repousser le plus longtemps possible. La mort est un contretemps pour ceux qui savourent la sensation *d'être*. C'est... la vie.

JÉRÉMIE
Faut-il avoir du courage pour *être?*

VAN AKEN
Oui. Mais une fois que nous *sommes*, le courage *d'être* est éclipsé par la peur de ne *plus* être. S'il était possible d'entrevoir la réalité avant d'en devenir l'esclave, on s'en passerait volontiers. Mais pour un apprenti comme moi, une seule vie ne suffit pas. Il y a tant de travaux inachevés. Il faut donner une forme à la réalité. Sur toile. En poésie. Il faut la mettre en musique, l'arracher du granite et du marbre et du bronze. Il faut la hurler dans l'oreille collective des écoliers, la marquer au feu rouge sur la conscience publique. Il faut ensuite espérer que les histoires que la réalité nous enseigne cautérisent l'âme.

JÉRÉMIE
Vous vous contredisez. Vous désavouez la race humaine et vous vous précipitez à son secours.

VAN AKEN
La postérité s'en mêle. Je voudrais qu'on se souvienne de moi non pas pour mon style ou ma technique mais pour les leçons que mes peintures pourraient inculquer.

JÉRÉMIE (narration hors-écran)
Les leçons de **Van Aken** sont adoucies par la pitié qu'il ressent pour ceux qui ne parviennent pas à trouver un refuge moral en eux-mêmes. C'est précisément parce qu'il refuse d'attribuer aux hommes des qualités mythiques, tel que l'on fait

ses contemporains, mais de les voir tels qu'ils sont -- des créatures faibles et vulnérables -- que ses peintures deviennent encore plus émouvantes. **Van Aken** met à nu les contradictions de son ère. Il n'inculpe pas, il ne juge pas ; il réfléchit à la tristesse de l'âme, à la faiblesse de la conscience. La vie, il affirme, est la lutte que l'homme mène afin de s'en affranchir.

Van Aken se tortille sur le w. c.

        JÉRÉMIE (narration hors-écran)
L'apologie de **Van Aken** débordait de verve et de lyrisme. Mais le rêveur-en-chef s'en foutait de la verve et du lyrisme -- il ne voulait que *"des faits, des délits, des indiscrétions, des sensas,"* peu importe comment je les produisais. Alors j'ai sacrifié le sublime en faveur du ridicule.

                JÉRÉMIE
Si vous pouviez changer les choses, consentiriez-vous à mettre votre art et votre raisonnement au service du bien public, au service de la... ?

                VAN AKEN
Vous plaisantez. La politique est dépourvue de doctrines nobles ou de convictions immuables. Elle dépend des compromis temporaires manigancés par une élite privilégiée qui s'amuse à manipuler notre destin sous prétexte qu'on leur en a donné la permission aux urnes. La moralité est une vertu élastique et en politique ses extrêmes sont loin l'un de l'autre. On donne trop d'importance aux dirigeants; pas assez aux dirigés. L'électeur

préfère le diable qu'il connait. Bien sûr, un bon gouvernement est essentiel. Mais ce sont les dirigés qui façonnent la conscience d'une nation.

Tant que la politique du rêve règne et que les doctrinaires s'acharnent à violer notre réalité, l'intolérance conduira à l'anarchie. Ce jeu ne m'intéresse pas. C'est plus simple et bien plus honnête de peindre le monde. Mon œuvre est mon scrutin.

JÉRÉMIE
Au service de la démocratie... ?

VAN AKEN
Vous plaisantez, mon ami. La démocratie n'est pas un système viable. Athènes s'écroula sous son poids. Nous subirons le même sort. Ses plus nobles attributs, l'idéalisme qu'elle prétend épouser, les libertés qu'elle défend -- tous l'affaiblissent. Sa carence la plus sérieuse c'est de tolérer dans son sein l'existence d'institutions anti-démocratiques qui aboliraient toutes les libertés que la démocratie leur accorde. Songez à un organisme dont les parties conspirent contre l'ensemble afin de survivre. Imaginez Méduse en train de se bouffer. Tant qu'il dure, le spectacle est fascinant. En fin de compte, la symbiose est fatale.

JÉRÉMIE
Que reste-t-il?

VAN AKEN
Le hasard et l'imprévu. Les hommes aiment se duper, se berner pour mieux justifier leur myopie.

Le chaos est remplacé par l'ordre et quand l'ordre restreint la liberté les agitateurs et les despotes changent de place. Il est impossible de les distinguer les uns des autres.

Le monde continuera à produire des soi-disant rédempteurs qui s'acharneront à nous « sauver » qu'on le veuille ou non. Ils prêcheront la paix et la bonté sans pour cela leur faire honneur car s'ils respectaient ces vertus ils perdraient leur empire. Et nous baisserons la tête tout en lapant leurs mensonges comme s'ils étaient du lait de vierge. L'araignée tisse sa toile, le soleil se lève, le coq annonce la naissance du jour et nous jaillissons du vagin de nos mères, mouillés et grelottants, pour nous retrouver sur les champs de bataille et sur les chaînes de montage tandis que le percepteur....

JÉRÉMIE

Vos aperçus sont bien sombres. Avez-vous envisagé le suicide ?

VAN AKEN

Non, enfin pas sérieusement. Avez-vous lu Camus ?

JÉRÉMIE

Oui.

VAN AKEN

Le Mythe de Sisyphe ?

JÉRÉMIE

Oui. Et *L'Étranger*.

VAN AKEN

Alors vous savez que la vie est absurde et insensée, que la mort s'annonce tôt ou tard. Il vaut mieux vivre et jouir de la consternation que notre existence engendre.

JÉRÉMIE

Que voulez-vous dire ?

VAN AKEN

Ne vous tracassez pas. C'est n'est qu'une boutade.

JÉRÉMIE

Que peut-on apprendre du passé?

VAN AKEN

Il n'est pas dans ma nature de m'attarder sur le passé, sauf, très rarement, pour visiter un grenier plein de rêves poussiéreux. Une chose est claire. L'homme est égoïste et il souffre d'amnésie sélective, ce qui l'empêche d'expier ses offenses. Les générations se suivent et, comme des goinfres, nous commettons les mêmes conneries. Dieu s'est amusé à nous créer imparfaits. Autrement nous serions en compagnie des anges. Je trouve le papillon infiniment plus divin que l'homme. Mais c'est à mon tour de vous poser une question: Comment croyez-vous que l'histoire nous jugera -- vous et moi?

Nettement gêné, **Jérémie** clapotte dans son bain, son visage couvert de sueur.

JÉRÉMIE, *troublé*

L'histoire est écrite et remaniée par les hommes.

La vérité de l'un est la propagande de l'autre. Le charme de l'histoire est qu'elle est fondée non pas sur les évènements qu'elle enregistre mais sur l'interprétation subjective que lui portent les historiens. Sans cet enjolivement, les annales de la race humaine se contenteraient d'un abrégé de faits divers et de dates banales. Les choses ont changé depuis l'avènement du cinéma, de la télé, des reportages instantanés, de l'Internet. Le journalisme remplace peu à peu une chronique moisie avec des faits vérifiables et ineffaçables. La caméra ne ment pas; les hommes la font mentir. Tandis que les sociologues interprètent l'histoire comme une évolution d'un état sauvage au raffinement culturel, les reporters -- les vrais conteurs de rêves -- sont infiniment moins optimistes. Nos récits, nos exposés suggèrent que la société humaine bascule follement entre l'engourdissement et la créativité, l'inquiétude, les remous et la folie. Bien que ces tangages sont la faute des imbéciles, des tueurs et des kleptocrates que nous élisons, elles sont accélérées, prolongées et encroûtées par la stupeur et l'épouvantable stupidité de la racaille. Voltaire l'a bien dit : *"Ceux qui sont capables de vous faire croire des absurdités sont capables de vous faire commettre des atrocités."*

VAN AKEN, *pensif*

Vous avez raison. Les vainqueurs rédigent l'histoire pour justifier la conquête, les vaincus pour mitiger la défaite. Ni l'un ni l'autre n'accepte le compte-rendu de son concurrent. L'hostilité qu'un tel écart produit mène à d'autres agressions, d'autres déboires.

JÉRÉMIE

En fin de compte, nous sommes tous détraqués, c'est bien ce que vous dites ?

VAN AKEN

Oui, mais nous nous efforcerons de feindre la raison. Être comédien c'est l'art de la simulation. Vivre c'est la science de la supercherie. On fait un peu des deux et il est souvent difficile de savoir lequel est en jeu.

JÉRÉMIE

Le rêve qui nous a accolés, est-il réel ?

VAN AKEN

Il l'est assez. Si les hommes étaient jugés non pas pour leurs actions mais pour leurs pensées les plus secrètes, leurs rêves et leurs convoitises, les oubliettes et les asiles de fous seraient pleins.

JÉRÉMIE

Maître, une dernière question. Est-ce-que l'humanité est foutue?

VAN AKEN

Oui, mais pas dans le sens littéral. Les hommes ont mal à se tolérer alors ils se multiplient. C'est une forme de punition collective. La vie dévore les innocents. Les réserves sont inépuisables.

Van Aken tire la chasse d'eau et **Jérémie** se réveille en sursaut. La caméra se penche sur les détails les plus inquiétants du *Chariot de Foin* et du *Jardin des Délices* de Jérôme Bosch.

JÉRÉMIE (narration hors-écran)

Si la vie n'est qu'un long rêve ininterrompu, j'ai dû rêver sans cesse. J'ai pris mon essor comme un aigle. J'ai dégringolé de mille falaises. J'ai été mangé tout vivant, étouffé par des sorcières affreuses à cheval sur ma poitrine, j'ai été castré par des maîtresses jalouses, écartelé par des monstres de ma propre invention. Je me suis même noyé dans la merde. Les cauchemars s'affublent de maints déguisements. Je les ai tous revêtus.

Ce dernier rêve fût inédit. Il me laissa un goût amer et écœurant, comme l'huile de foie de morue. Ou comme la retombée nucléaire.

Un an et une semaine se sont écoulés mais le rêve me hante encore. Je sais que **Van Aken** aurait compris mais il est mort, le pauvre, il y a cinq siècles, quand les premières lueurs de la Renaissance affranchirent l'homme de son ignorance, de ses superstitions, quand elle le souleva à mi-chemin entre la matière et l'esprit et lui permit de bourlinguer à la recherche de lui-même.

Ce que les yeux épuisés de **Van Aken** ont vu est avant-propos et post-scriptum, prélude et apogée d'un âge de science naissante et de folie acharnée. Et ce que **Van Aken**, bien mieux connu de son nom d'artiste -- Hieronymus Bosch -- présage dans son œuvre hantée, c'est la mort de la raison. Dans les mille visages de bestialité humaine que son pinceau saisit on y reconnait la férocité et l'injustice d'un monde dont nous serons les héritiers: Le colonialisme. L'esclavage. La faim. La peste. Les guerres de "libération." Les guerres d'asservissement. Le fratricide. Les guerres "saintes." Les guerres à "éliminer toutes guerres."

Le génocide. Les armes de destruction massive. Les escadrons de la mort. L'intolérance. Le racisme. Les guerres sectaires. L'occupation. L'essor du radicalisme et de la théocratie. Le terrorisme au service de Dieu. Tu avoueras que les Grandes Lumières et le barbarisme ne sont pas mutuellement exclusifs.

L'eau est maintenant rationnée. Quelques gouttes coulent encore chaque Jeudi. Nous pouvons nous en servir -- le Service de la Sécurité du Rêve nous informe -- à nos risques. En cas de besoin, nous avons aussi le droit de respirer. Ceux qui croient encore dans la puissance de la prière, récitent le Pater Noster et le vingt-troisième psaume. D'autres, fous de désespoir répètent sans cesse, « *Eli, Eli, lama sabakhtani?* » « Seigneur, oh, Seigneur, pourquoi m'as-tu abandonné? »

Gros plan de **Jérémie**. Sa voix est faible et rauque.

JÉRÉMIE

Je continue à perdre mes cheveux, mes dents. Mes gencives sont pourries et du sang dégouline du coin de mes yeux. Mais ne t'inquiètes pas, je n'ai mal nulle part. Je suis au-delà de la douleur. Je suis à bout de souffle, mort de fatigue. One appelle ça des « symptômes prémonitoires. » Le langage du désastre est aussi vague qu'il est antiseptique. Les rayons neutron et gamma font leur besogne lentement. Mais, finalement, ils tuent.

Les imprimeries de l'Uranus Presse International s'arrêtèrent peu après vingt heures quand la deuxième bombe fit explosion à mille mètres au-dessus de la ville. Que la lune était grande et belle et brillante.... Les ondes électromagnétiques déclenchèrent une réaction-chaîne qui réduisit au silence tous les satellites de communication et détruisit tous les réseaux d'énergie électrique.

Je passe les heures à écouter la radio. Les transmissions d'ondes courtes sont de plus en plus rares. Le bavardage cessera quand les batteries s'épuiseront.

Je viens d'entendre que les neiges éternelles de l'Himalaya ont fondu. La formidable Amazone fut vaporisée. Des averses de grêle noire s'annoncent sur l'ensemble de la région Saharienne. La nature fait payer l'humanité pour son manque d'égard envers elle-même avec un mépris justifiable.

Peut-être tu sais déjà tout ça. *Déjà, déjà* est un mot si banal, si vide.

La caméra s'éloigne lentement du visage de **Jérémie,** se dirige à travers la fenêtre de son appartement à mi détruit et se penche sur le spectacle désolant d'un New York en ruines. Dans la rue, partiellement démoli, un mur porte encore le graffito -- *"Tout le monde est fou. Seuls les courageux s'y adonnent."* La caméra se dresse lentement vers un ciel coléreux et convulsionné. On entend les premières phrases de la *Nocturne No. 3* de Debussy, angélique, éthérée, on dirait même presque jubilante.

www.ingramcontent.com/pod-product-compliance
Lightning Source LLC
Chambersburg PA
CBHW060818250626
47162CB00005B/1848